中国多民族文学丛书／第三辑

阿了

英布草心／著

作家出版社

英布草心　彝族，生于1981年，汉名熊理博。中国作家协会会员，巴金文学院签约作家，鲁迅文学院第十三期和第二十二期少数民族文学创作培训班学员。先后在《芳草》《民族文学》《西藏文学》《延河》《草原》等文学刊物发表文学作品，著有长篇小说《玛庵梦》《虚野》，诗集《爱的音律》等。长篇小说《玛庵梦》获凉山州第五届“五个一”工程奖并入围第九届茅盾文学奖，长篇小说《虚野》获第六届四川省少数民族文学创作优秀作品奖。

作者近照

第一章

夷莎多担任了夷莎堡夷莎家族族长。

他顾不了自己的悲伤。

他没有了阿荞，反而什么都不怕了。

他在组织火葬夷莎勇士与阿荞的过程中没有流一滴眼泪。

料理完夷莎堡村庄里所有的丧事后，他就开始准备武器。

他组织夷莎堡的人卖掉了夷莎堡村庄里所有值钱的东西，从马里镇外换来了一杆杆崭新的火药枪。

他把夷莎堡村庄里两百三十位妇幼老少安排到花豹岩中间的十五个岩洞里去居住。

夷莎堡村庄里能打仗的男人除了夷莎多只剩九位。

他们每天训练枪法。

他们训练了一个月的枪法。一个月后，仇方连长就带着自己的队伍再次找上山来了。

季节已临近初冬，夷莎堡下方的稻田、苞谷地、苦荞地上的庄稼已收割完毕。

寒风瑟瑟，落叶飘零。

仇方连长带领三百零七人浩浩荡荡前来。

这三百零七人中，有二百四十九人是郭氏兄弟出钱招募来的。仇方连长的老部下在上次的战斗中死了五十二人。仇方连长的老部下仅有五十八人。

他们人多势众。

他们没有采取偷袭或突击的战法。他们一排排来到夷莎堡下方扇子形的山坡上。他们在那里休息、抽烟。他们的军姿军容没先前那般整齐划一。他们的中间置放着五门土炮，他们准备用这五门土炮轰平夷莎堡，准备把夷莎堡上的夷莎多炸成碎片。

夷莎多带领九位夷莎勇士在夷莎堡周围设置了许多陷阱、暗器、滚石、檑木等。他们人少，但胜利在握。这里是祖先的祖先一代代居住的土地，这里的土地以及一切都会帮助他们战胜敌人。他们这样想，也这样做。他们充分利用了这里的每一棵树，每一块石，每一窝草，每一丛荆棘，每一片竹林。他们在夷莎堡每一个特殊的位置都挖通了地道。他们利用地道与仇方连长的三百零七人周旋。

天空干冷干冷的，有小片的雪花时不时飘来飘去。仇方连长的部队在夷莎堡下方的山坡上大吃大喝。他们杀了五头牛、三头猪。他们在山坡上搭满了灶。夷莎堡静悄悄。他们无比高兴，他们以为夷莎堡的夷莎家族们早跑完了，他们以为捡了个大便宜。他们准备先吃吃喝喝一番再进攻夷莎堡。他们没想到夷莎堡的夷莎多还在，他们没想到夷莎多与九位夷莎勇士不屈不挠。他们的土炮还没发挥作用，山坡上就滚来五个火球。

五个火球不偏不倚。

五个火球引燃了五门土炮旁边的土制炮弹。

五门土炮与五大箱土制炮弹在接二连三的“轰轰”声中化作一团大火炸了。土炮旁边坐着吃肉喝酒的三百零七人中有十二人当场被炸死亡，有四十人受了不同程度的伤。

仇方：“咋回事?”

古排长：“火球。”

仇方：“不要惊慌!”

仇方连长叫来了相貌丑陋的古排长。他叫古排长把队伍整理一下。古排长矮胖矮胖的，相貌丑陋，但声音不丑陋。他站在一块高凸的石包上大喊一声，刚才还惊慌失措、一片混乱的队伍一下子安静下来并按各自的顺序站好了队。

古排长："现在，由仇连长给我们讲话！"

"好！"队伍里响起稀稀拉拉几片回应。

"这里，我是你们的最高长官，我的话就是军令。我不惊慌，你们就不能惊慌。你们要学会冷静、安静、清静。我们打仗靠什么？靠的就是一颗雷打不动的心。我们前来攻打夷莎堡，我们胜券在握。夷莎堡那么一个紧贴在大山深处的小村庄，先前我们就打过一次交道，我们对夷莎堡的实力一清二楚。这次，我们稳扎稳打。我们人多势众，武器精良……"

有兵丁无比小声地交头接耳："可是……可是……我们的土炮……"

"土什么炮？那五门土炮只不过是拿来装装门面，做做样子，吓吓夷莎堡，壮壮你们的胆的。我们攻打夷莎堡，那五门土炮真会发挥什么作用吗？不会。"古排长提高嗓门吼道。

兵丁："那我们怎么进攻？"

仇方："吃饱喝足后进攻。"

仇方连长的队伍在夷莎堡下方的山坡上重新吃吃喝喝。他们死了十二人，伤了四十人，一点都不紧张。其实，仇方连长的意图十分明显，他要让夷莎多带人前来偷袭。他一切都布置好了，他只等夷莎多前来。

夷莎多不是傻子。

夷莎多与九位夷莎勇士用火球炸毁了仇方连长的五门土炮后，消失在夷莎堡的乱石间。他们来无影去无踪，他们的来去让仇方连长烦躁。

"你带十个人前去摸摸看。"仇方对古排长说。

天色渐渐暗黑。仇方连长的队伍吃吃喝喝已完毕。他有些坐卧不安，他在等待夷莎多。他没有等到夷莎多，他没有等到夷莎多便叫古排长带十个人掩着越来越暗的天色前去摸摸看。

古排长没有二话，亲点了十个最得力的兵。

雪花还是稀稀拉拉。古排长带着兵离开了仇方连长。他矮胖矮胖的，但行动起来动作十分敏捷。他来到夷莎堡村庄附近。

古排长："好像一个人也没有。"

兵丁："是的，一个人也没有。"

古排长带着十个兵躲在一块长方形的石包背后。他在石包背后观察了很久，他什么都没有观察到。

“你们观察到什么没有?”他再问。

“没有。”十个兵丁回答。

他们确实什么也没有观察到。

“咋办?”

“回去复命!”

他们正准备回去复命，一杆凉飕飕的标枪便跟着稀稀拉拉的雪片呼啦啦飞过来了。

“快躲开!”

“哎哟……”

古排长背后的士兵用自己的生命换回了古排长的生命。他的后背中了标枪。他口吐一把一把的鲜血。他望着古排长无比丑陋的面孔似乎想说什么，但最后什么都没有说。他脑袋一偏，离开了这个无比温暖的世界。

呼呼呼——

一杆，两杆，三杆，四杆……一杆杆标枪带着复仇的使命从夷莎堡的天空悠然飞降。那一杆杆悠然飞降的标枪插死了古排长精挑细选的兵，刺伤了古排长强健有力的右腿。

古排长看出了夷莎堡的不简单。

他抱住右腿按原路滚了回去。

仇方:“你咋个滚回来了?”

古排长:“不滚回来不行。”

仇方:“为什么不行?”

古排长:“要命。”

天色渐渐黑尽。

夷莎堡东边牟尼山上，一轮银盘似的月亮落落大方地升了起来。

那一刻，多少诗情、多少画意、多少颂词与赞歌、多少想象与梦、多少爱与思念都显得无比空洞与孤单。

仇方连长记起了这么几句诗:今人不见古时月，今月曾经照古人。古人今人若流水，共看明月皆如此。唯愿当歌对酒时，月光长照金樽里。

写下这几句诗的是个爱喝酒的文人。他的名字叫李白。仇方连长不知道李白写这首诗时是什么心情，但可以肯定其手中握着绿莹莹的酒杯。

此刻，轻纱似的月光下，扇子形的山坡在一片暗黑里。暗黑上去是夷莎堡，夷莎堡上去是豹子岩。豹子岩被轻纱包住，一跳一跳地闪着神秘的幽光。

仇方连长想，这一切的一切，古代也应该存在。一切未曾改变呢，只是人心变了。

在相同的自然景观里人类换了一代又一代，一代又一代的人类戴着原罪的铁链与枷锁生活。唉，我们不过是大自然的过客哩，何必那么你死我活呢？仇方连长在自己思想的暗影里躲躲藏藏。他什么都想，也什么都不想。

牟尼山上有淡淡的星星，这里一颗，那里一颗。那是一闪一闪的宝石。有时，那一闪一闪像极了良知。

唉，良知。豹子岩在感叹。豹子岩下面，一大片原始森林像黑幽幽的大海。大海静悄悄的，没有潮起潮落，也没有呼吸。那是一片死海吗？当然不是。那大海的潮起潮落在看不见的第六世界，那大海的呼吸在自己的灵魂深处。那大海已不是大海，那是复仇的微光，那是刀的刃，剑的尖，老虎的锯齿，狮的爪。在夷莎堡下方的山坡上，仇方连长命令手下的士兵搭起了一座又一座的帐篷。他在帐篷周围埋下了伏兵，他准备守株待兔。

九位夷莎勇士：“他们为什么在山坡上搭帐篷休息？”

夷莎多：“因为怕吃亏。”

夷莎多带领的九位夷莎勇士分别是嘎体、罗比、扎巴、姆以、色哈、鲁青、卧尔、库牟、达东。嘎体、罗比和扎巴身材高挺，有牛一样的力气。姆以、色哈和鲁青中等个儿，头脑灵活，思维开阔。卧尔、库牟和达东矮小瘦弱，但手脚灵敏。他们每人一把大刀，六杆标枪，一桶箭矢，一张长弓。他们没有带上从山外购来的火药枪。他们不是不会使用，也不是枪法不好，而是火药枪在晚上使用容易暴露自己。他们势单力薄，不能暴露自己。他们一直隐藏在扇子形的山坡周围。他们小心翼翼的，他们像地鼠般来来去去。他们的举动仇方连长一无所知，仇方连长的举动他们了然于胸。他们手中的标枪随时可能远远地飞向仇方连长休息的山坡，他们手中的大刀、弓箭也随时可能夺去仇方连长手下士兵的命。

他们不可能轻举妄动。

姆以："假如我们不去偷袭，仇方连长会怎样?"

夷莎多："一直等。"

色哈："然后呢?"

鲁青："再派一支行动小组。"

夷莎多属于军事天才。他带领夷莎堡夷莎家族们与郭氏梁子的郭氏兄弟打了三年多的仗。他从一场场血腥的战斗中悟得了属于自己的战略战术。他不仅熟练运用属于山地的游击战，还十分擅长心理战。该失去的，差不多都失去了，他这样想，我怕什么呢?我该怕什么呢?他在自己的内心深处莫名其妙地自我强大。他十九岁的身体，九十岁的智识。他带领嘎体、罗比他们周旋在仇方连长的周围。他像一位经验老到的猎手，他眼鼓鼓看着仇方连长的营地，就像看着自己的猎物。

夷莎多："我们先睡会儿。"

嘎体："我们的敌人还没睡。"

姆以："就因为我们的敌人还没睡。"

夷莎多一点都不担心。姆以、色哈、鲁青三位有些担心。他们看了看夷莎多刚毅的脸，他们的担心变成了不担心。他们在扇子形山坡不远处的一个山沟里抱住冷兵器安睡了起来。

他们安睡了两袋烟的工夫。

他们醒了，牟尼山上金黄色的月亮就升至夷莎堡顶空了。

洁白无瑕的月光亲切、可爱、多情、忠贞，用自己的手掌轻轻笼罩住夷莎堡与夷莎堡周围的一切景物，显得静谧、安详、与世无争。

他们醒了，扇子形的山坡上，仇方连长的队伍还没有睡。仇方连长的队伍还在等待。

夷莎多："他们很快就派出行动小组了。"

姆以："没看出来。"

夷莎多与姆以爬出山沟观察敌情。他们与仇方连长的队伍相隔一里地。他们看不出敌人有什么异样。他们等了半袋烟的工夫，仇方连长的队伍还是没有什么异样。

姆以：“我们要准备突袭了吗?”

夷莎多点了点头。

他带领嘎体、罗比他们一步步贴近仇方连长的队伍。他们的身影与月光融在一起，他们就是月亮。他们不慌不忙，步步为营。他们一步步靠近仇方连长的营地。他们来到离仇方连长的营地只有两百米远的地方。他们分成三个小组，他们只等待仇方连长派出行动小组。

一袋烟工夫后，仇方连长的营地里开始有响动了。他们在组织第二支行动小组。这次，他们组织的行动小组有一百二十人。行动小组组长由仇方连长的老部下张排长担任。张排长精瘦精瘦的，一副久经沙场的模样。他在仇方连长那里接了任务，集合整理队伍出发了。他不知道有十双眼睛在自己周围两百米处闪动。他是正规部队出来的军人，他以服从命令为天职，他没有一丝畏惧。他带领一百二十人向夷莎堡摸去。

夷莎多用暗号通知了嘎体、罗比他们。夷莎多的计划是先用蘸满煤油的竹编火球袭击仇方连长的营地，然后趁乱暗杀仇方连长。他们的计划天衣无缝。他们等了半袋烟工夫，然后开始实施计划。

呼啦啦！

呼啦啦啦！

呼啦啦啦啦……

火球，一个又一个的火球，磐石那么大，从扇子形山坡的三个方向向仇方连长的营地骨碌碌滚去。那火球一跳一跳的，在银盘似的皓月下，带着“呼啦啦”的风声，你追着我，我追着你，冲进仇方连长的营地。

扇子形的山坡闹腾起来了。

仇方连长的营地火光冲天。那些郭氏兄弟用亮闪闪的银元招募来的兵丁们在大火里奔来跑去。他们被火烧死的烧死，烧伤的烧伤。他们中有的兵丁看到形势不对，马上丢下手中的武器找地方逃命去了。留守在仇方连长身边的一百九十八人一下子变为六十六人。受了伤的古排长在整理混乱的队伍。他摸出那把挂在腰间的驳壳枪，他抬了抬手，打死了两名准备逃跑的兵丁。

“过来！大家过来！”兵丁们有些迟疑。

“大家按原先的顺序站好！快点站好，不要惊慌。”

仇方从暗影里走了出来。他用严峻的目光清点了一下人数，他的心有些荒凉。他没有命令士兵们去救火，他知道最好的防守就是进攻。他准备带仅剩的六十六人进攻，但不知道怎样进攻。

他抚摸自己长长的络腮胡子静默着。

嗖！

嗖嗖！

嗖嗖嗖……

一杆杆标枪与一支支箭矢从扇子形山坡上不同的方位向仇方连长的队伍飞来。

一杆杆标枪与一支支箭矢带着夷莎堡人的仇恨，从月亮的清辉里高高地落下，像暴雨，像冰雹，毫不留情地夺去了刚整理集合完毕的仇方连长士兵的命。

“哎哟！哎哟哟！哎哟哎哟……”

仇方连长的士兵一个接一个倒下。那倒下的士兵不知道自己为什么倒下。

月亮。火光。标枪。箭矢。混乱的身影，慌乱的枪声……

夷莎多：“别动！”

仇方：“我没有动。”

嚓！

一颗头颅滚下。

头颅不知道自己为什么滚下。

头颅滚出五米远，然后回转过来看着那具没有头颅的身子。

那身子举着双手。那身子不是别人的，那是战无不胜的仇方连长。他的右手上还握着那把油亮的驳壳枪。他被夷莎多砍下了头颅。他不知道自己会被夷莎多砍下头颅，他以为举起双手投降就没事。他不知道自己与夷莎多之间已不是举手投降的问题。

夷莎多："我就是你一直想弄死的夷莎多。"

仇方连长的尸体站立了足足三十秒钟。他的头颅在五米远处滚来滚去。他的头颅瞪大双眼左顾右盼，他的头颅在寻找自己的老部下——张排长与古排长。

他的头颅没有找到张排长与古排长。

他的头颅从来路滚回，翻山越岭，穿林涉河。

他的头颅在来路上滚了一个月零三天，滚回了Q军营。当然，那是后话。

夷莎多一不做二不休。

他带领嘎体、罗比他们从暗道潜回了夷莎堡。他命令嘎体、罗比他们启动了设置在夷莎堡村庄里的暗器。当时，张排长带领一百二十人组成的行动小组在夷莎堡村庄里到处搜索。他们不知道夷莎多的暗道。他们抱着崭新的汉阳造88式步枪，"哐当哐当"地拉着枪栓。他们的脚步声里散发出死亡的味道，他们不知道那死亡的味道其实是自己的。

陷阱。滚石。檑木。暗箭……

张排长带领的一百二十人在夷莎堡村庄里前有暗箭陷阱，后有滚石檑木。他们在进攻里失去进攻，他们进退两难。

砰！

砰砰！

当时，皓月当空。一声声汉阳造88式步枪的枪声在夷莎堡村庄里蹦来跳去。那是恐惧的枪声。那枪声没有底气，没有目标；那枪声东一下，西一下；那枪声响了大半夜，然后沙哑了。

张排长："我们投降！"

轰——

汉阳造88式步枪的枪声在零落中沙哑时，夷莎多带领的嘎体、罗比他们火药枪的枪声就打响了。那火药枪带着长长的火光，那长长的火光里送来的子弹不是一颗两颗，而是一把两把。

那一粒粒钢珠一声声呼啸着射向张排长的队伍。

张排长的队伍从一百二十人减员到三十人。

他们东躲西藏，已没有反攻之力。

张排长："我们真的投降!"

轰——

火药枪发出的声音是"轰轰轰"的声音。"轰轰轰"的声音一次次回答投降的声音。投降？什么是投降？为什么投降？夷莎多不知道投降。在"轰轰轰"的声音中，张排长的士兵从三十人减员到十二人。他们完全放弃了抵抗。他们坐在一条半人高的土坎下等待夷莎多的火药枪。

轰轰轰！轰轰轰！

火药枪一杆杆临近。张排长的士兵从十二人减员到三人。他们已经顾不了自己的命。他们把汉阳造88式步枪丢在一边。

罗比："认输了没?"

张排长："早就认输了。"

夷莎多："我只听到你们说投降。"

张排长："投降就是认输。"

夷莎多与嘎体、罗比他们站在了古排长前面。他们确实不知道什么是投降，也没必要知道什么是投降。他们捆绑了张排长与张排长的三位士兵。他们把张排长与张排长的三位士兵吊在夷莎大院前面的老梨树上，他们准备以牙还牙。

一轮银盘似的月亮站在豹子岩的顶空。

天色正在微亮。

夷莎多叫嘎体、罗比他们把一直躲藏在豹子岩岩洞里的妇幼老少们接回来。

夷莎堡的妇幼老少们赶到时，天色已经大亮。夷莎堡的妇幼老少们看到了那些杀了自己亲人的狼。这些狼在明亮的天色中这里死躺一具，那里死躺一架。有的在陷阱里，有的在臭水沟边，有的在柴垛旁。其中，有一大部分在苦苦挣扎。他们受了重伤，但并没有死去。他们在生与死的边缘抖动，就像一片初冬的树叶。

第二章

“你一直把自己给我，却从来不提让我娶你？”我看着乌嘎的脸，问。

乌嘎：“有人提过吗？”

我：“没有。”

乌嘎：“没有是对的。”

“因为不应该提吗？”

“不是，是没必要提。”

时间已是谷雨节气，但大山深处的春天还没有到来。大山深处的春天就像大山深处的山路。山路弯弯曲曲，蜿蜒起伏，爬坡下坎，钻沟越林。山路与山路之间只隔一目光的距离，一目光的距离行走起来需要三个大白天的时间。这是大山与生俱来的地理条件。我再一次钻进了乌嘎的被窝。

“你说的这个话像一把匕首。”我说。

乌嘎：“刺痛你了？”

我：“有一点点。”

有“轰隆轰隆”的山风从屋顶一团一团地过去，我抱住身材高挑，脖子细长，眼睛灵动，翘睫扑闪，天仙般漂亮的乌嘎。我的呼吸里蹦跳着密密麻麻的无奈。我的手在乌嘎雪白的肌肤上一下下抚摸着。

我娶不了乌嘎的人。

我不过就是一头公猪。

乌嘎的小闺房里气息温暖。乌嘎的手缠绕在我的腰间，有时一不小心就碰到我有气无力的鸟。这么一只有气无力的鸟，还可以算是鸟吗？乌嘎的手在有气无力的鸟上方来来去去。那是一种有目的的来来去去，那是巫神施法般的来来去去。我胯间的鸟有了呼吸，有了眨眼，有了抬头。我胯间的鸟在自己的路上挺起了胸膛，仰起了脑袋。

我的手伸向了乌嘎的两座玉峰。

我们在精致小巧的木床上滚来滚去。

我们一直爱，一直爱不够。

我们的爱行走在阿了山的每一个路口。

我们的爱蹲坐在阿了山的每一块草坪。

我们的爱在阿了山的每一洼山湖里戏水。

有时，我们的爱是初冬飘落的树叶。那树叶一片一片，从原始森林里随风而起，然后散落在四面八方。那树叶的颜色黄的、红的、青的、紫的，什么色的都有。那树叶的形状宽的、窄的、尖的、细的，什么形的都有。

有时，我们的爱是雨后的彩虹。那彩虹拱起自己的身子，把自己架在天与地的边缘；那彩虹诉说着自己的忧伤；那彩虹把忧伤铺展在五颜六色的梦境里。

有时，我们的爱就是梦境。那梦境有好的、坏的、中立的、反叛的、冤枉的、刚直不阿的。那梦境什么都有，就是没有结局。唉，结局。人类注定看不到自己的结局，人类的结局一直在没有结局的路上。

我们偷偷摸摸已经一年半。

乌嘎只一心一意与我缠绵。

她觉得一心一意之外的东西都是多余的。我们认识有一年半的时间。在这一年半的时间里，乌嘎结了婚又离了婚。她在大山深处原始婚姻里走了一遭，她厌恶不属于自己的原始婚姻，她从原始婚姻里挣脱了出来。她站在新型婚姻的门外，敲了敲门。她希望门内有人，她希望那门内的人开了门迎接自己。但是，她从自己的内心深处知道，那门内什么都没有。

她站在门外一直敲门，一直不开。也许，那是一扇画在梦中的门，她这样想。她坐在自己梦中的门外哭泣。那眼泪一滴滴，浸湿了梦外的灵魂。梦外有猫头鹰在叫，那是生命原初的猫头鹰。咕咕咕！咕咕咕！生命原初的叫唤像雨珠，一粒粒洒落在尘埃漫天的山道上。啊！疼，真的疼。那山道呻吟起来，像一位卧病多年的老妇人。

“你想走出大山？”我问。

乌嘎：“是的。”

我：“什么时候？”

乌嘎：“想好了的时候。”

乌嘎一直想走出大山。她一直在想，一直没有行动。

她不知道阿了山之外的世界会是什么模样。

也许与阿了山差不多，也许与阿了山差得远，也许没有也许。她想。

她缠绕在我的身上。

她就像一根青葱色的藤蔓。

她在我的身子上一圈圈缠绕着。

她希望自己能缠住我的心，乃至我的灵魂。

她希望自己就是我的心，乃至我的灵魂。

当然，她更是知道，这一切的一切只是希望。

希望是美好的，现实是骨感的。

她在骨感的现实面前一声声叹息。

“外面的世界有好有坏。”我说。

乌嘎：“应该的。”

我什么都知道一点点。我把自己知道的这一点点一次次传输给一点都不知道的乌嘎，乌嘎万分感激。乌嘎一次次作准备，一次次放弃。乌嘎的准备与放弃一前一后到来，一前一后走去。它们的到来与走去就像一老一小两爷孙。乌嘎这样想。她这样想的时候想笑，但没有笑。

“你的父母什么想法？”我再问。

乌嘎：“没有想法。”

由于结了婚离了婚，乌嘎家按大山传统赔偿了男方家二十一万元人民币。这二十一万元人民币在阿了山是一个天文数字，她卖了自己也不一定凑得出二十一万元。可是，大山传统就是大山传统，大山传统的目的就是为了保持传统。假如婚姻自由，那就谈不上传统。当然，由于山外的风，山外的雨，山外的彩虹与火车，大山传统正在面临着被孤立、瓦解、遗弃。

“应该同意你出去闯荡。”我想了想，说。

乌嘎在黑暗中摸了摸我的脸孔。她不知道我此刻在想什么，她没必要知道我此刻在想什么。我不一定属于乌嘎，这乌嘎一直知道。她喜欢我看破一切的目光、与生俱来的忧郁、没有方向的沉默。我是值得尊敬的，也值得付出自己的。但是，这样的男人不一定适合过日子。

乌嘎：“你会想我吗?”

我：“当然。”

乌嘎美丽的瞳仁里泪珠在悄悄滚动。她相信我。她知道我会用自己的笔写下爱的点点滴滴。她不知道自己的明天，她无法知道自己的明天。她的明天沉压着一座二十一万元人民币的大山。她怎么办?她没有办法。她只能把希望寄托给山外。

冬天正往深处走。

一天，两天，三天。夷莎堡村庄里的雪花越飘越大，越飘越密。

一二一！一二一！一二三四……

在夷莎堡村庄中间一块平坦的雪地上，张排长与张排长的三位士兵分别带领四支队伍在训练。

他们没有统一的服装，也没有统一的鞋子。

他们有的穿着灰色的麻布短褂，有的穿着土色的粗布上衣。

他们一大半来自夷莎堡村庄周围的部落氏族。

他们知道夷莎多仅用九人就打败了仇方连长，他们是慕名而来的。

他们高高兴兴地跑到这里来参加训练。他们可以得到一杆崭新的汉阳造 88 式步枪。

他们知道夷莎多要攻打郭氏梁子，但他们不怕。

他们只要帮夷莎堡村庄消灭了郭氏梁子居住的郭氏兄弟，手中崭新的汉阳造 88 式步枪就属于了自己。

他们在夷莎堡村庄中间平坦的雪地上十分卖力地训练。

一二一！一二一！一二三四……

他们用一个月的时间训练整理队伍、紧急集合、喊口令。他们做得十分认真。第二个月，他们主要训练匍匐前进、端枪瞄枪、近身肉搏。他们觉得很苦很累，但还是很认真。第三个月，他们主要训练模拟实战。张排长与张排长的三位士兵时常在半夜三更把他们喊起来进行紧急拉练。他们的心一点点有了怨气。这不是脱裤子放屁吗？他们在自己的心里嘀咕。他们觉得张排长与张排长的三位士兵多此一举。他们觉得自己已差不多掌握了所有的军事要领。

夷莎多："那就拉去攻打郭氏梁子吧？"

张排长："嗯，好的。"

那是九十七年前的寒冬腊月。那一年，夷莎多二十一岁。在夷莎堡村庄周围，一片片蕨草结满了一串串晶莹剔透的冰凌子。一条条山路变成了雪白的飘带。夷莎多在自家的屋檐下扳下了一根手臂粗的冰柱，他一边嚼吃冰柱一边对站在身边的张排长说，你和你三位士兵的任务已经完成，假如想回去，随时可以回去。

张排长："我们想跟着你。"

夷莎多："跟着我做什么？"

张排长："打仗。"

夷莎多："我并不打算天天打仗。"

张排长也模样丑陋，但心不丑陋。他知道夷莎多是个十分难得的军事人才，他希望跟着夷莎多成就一番事业。他的三位士兵一位叫李勇，一位叫王奇，一位叫曾飞。他的三位士兵也想跟着夷莎多。

在攻打郭氏梁子之前，他们召开了战前会议。他们训练出来的士兵有一百八十人。他们把这一百八十人分成六个支队，每个支队三十人，分别由六位支队长带领。

他们准备突然袭击。

夷莎多："有把握吗？"

六个攻击分队的人大声回答："有。"

夷莎多站在分成了六个攻击分队的队伍面前一队队检阅，一队队问话。六个攻击分队的勇士们大部分穿了厚厚的羊毛毡衣与羊皮。他们精神饱满，他们的回答干脆简短。

他们没有点火把。

他们一支支走出了夷莎堡。

他们支与支之间保持了一里地的距离。

他们踩着“咯吱咯吱”的积雪来到郭氏梁子下方。

他们六个分队分别潜伏在郭氏梁子的六个方向等待夷莎多的命令。

雪花纷纷扬扬，天气极度寒冷。那是半夜三更。天很黑，夜很长。郭氏梁子又黑又长的夜安安静静。那安安静静的夜就像一条河流。河流在自己的河道里一直流，一直流，然后流向生命深处。

郭大狼与郭三狼并没有睡，他们知道夷莎多他们要来。他们在等待夷莎多他们的到来。他们坐在郭氏公馆大堂左上方的高座上吸食鸦片。他们一左一右地斜靠着座椅，他们手中拿着精致美观的烟杆，他们每人一盏青灯。他们手中的烟斗在青灯浅蓝色的火苗上晃来晃去。

郭三狼：“真的会来吗?”

郭大狼：“会。”

郭三狼：“孟团长呢?”

郭大狼：“也会。”

郭三狼：“不会有什么意外?”

郭大狼：“不会。”

夷莎堡村庄里的夷莎多在准备，郭氏梁子的郭大狼郭三狼也在准备。夷莎堡村庄里的夷莎多在训练队伍，郭大狼郭三狼在收买队伍。两个月前，他们花了一万两白花花的银子请来了Q军营里的孟团长。孟团长有三个营的士兵。一个营有三百三十人，三个营有九百九十人。他们花了一万两白花花的银子请来的孟团长的兵比夷莎多训练出来的勇士六倍还多。两个月来他们一直等待机会。他们等待的机会就是让夷莎多他们前来攻打郭氏梁子。他们在夷莎多村庄里安插了眼线，他们的眼线把夷莎多攻打郭氏梁子的时间告诉了他们，他们把夷莎多攻打郭氏梁子的时间告诉了孟团长。孟团长带领其三个营的兵力在科拉谷设伏。

兵丁："团长，来了！"

孟团长："什么来了？"

兵丁："夷莎多的勇士。"

孟团长："夷莎多来了吗？"

兵丁："不清楚。"

孟团长："那就等等。"

孟团长姓孟，名单，山东济南人。他在老家是做生意的。他走南闯北，大半个中国留下了他的足迹。他个子不高，身子不壮，一年四季瘦精瘦精的。他在Q军营里混了五年，由于为人圆滑，办事精明，不到两年就受到Q军营里大长官们的重视。他从小小的少尉排长直接提拔为上校团长。他当了团长后，便把自己所管理的三个营当作了发财的根本。他经常插手一些地方事务，然后从中捞取非法的好处。

兵丁："团长，前方又来了一支队伍。"

孟团长："有多少人？"

兵丁："三十人左右。"

孟团长："应该是探路的。"

夷莎多带领的六支分队一支支走过了科拉谷。夷莎多带领的六支分队没有受到孟团长的伏击。孟团长一直以为大部队会跟在后面，但大部队一直没来。夷莎多带领的六支分队一路顺顺利利，他们按照最先的布局包围住了郭氏梁子。他们把郭氏梁子一块块切割开来，就像把大坨肉一片片切割下来。他们准备把郭氏梁子当作一块块大坨肉吃掉。

郭三狼："再吸一会儿吗？"

郭大狼："嗯。"

郭三狼："咋个还没传来消息？"

郭大狼："会有的。"

郭大狼和郭三狼斜靠在精致繁华的大座椅上。他们的前面置放着一只铜质的火盆，火盆里装满了红彤彤的火炭。他们一边烤火一边谈话。

他们吸食完一块又一块的鸦片。

他们在等待孟团长的好消息。

他们迟迟没有等到孟团长的好消息。

他们的座椅下方，分别坐着六位年轻漂亮的女子。这六位年轻漂亮的女子不是他们的姨太太。

咚咚。咚咚咚。

郭氏公馆大院里有人在敲门。

“来了，孟团长的好消息来了。”郭氏兄弟激动地站了起来。

他们刚站了起来，便听见了震耳欲聋的“轰隆”。

那一刻，郭氏公馆大院里厚实的院门被活生生炸开了。

“怎么回事？快抄家伙……”郭大狼跳了起来。

但是，来不及了。

随着一声“轰隆”，三十来位夷莎勇士一下子冲进了郭氏公馆。

他们如狼似虎。

他们手中举着崭新的汉阳造88式步枪见人就杀。

砰砰砰！砰砰砰！

他们训练有素，枪法极准。

他们一眨眼工夫就杀光了郭氏公馆里所有的家丁与护院。

他们踹开了郭氏公馆大堂的实木门。

他们荷枪实弹。

他们站在了郭大郎和郭三狼面前。

一旁，六位年轻漂亮的女子在瑟瑟发抖。

郭大狼：“怎么会这样？”

夷莎多：“怎么不会这样。”

夷莎多举着一支油黑的驳壳枪。

他把枪口对准郭大狼的脑袋。

他的目光射出无比狠毒的光芒。

砰！砰砰！砰砰砰！

他对准郭大狼开了一枪。他后面站着的三十位夷莎勇士向郭大狼与郭三狼每人开了一枪。郭大狼与郭三狼被打成了马蜂窝。

他们胜利了。

他们在回去的路上遭到了埋伏。

他们不知道孟团长在科拉谷等着他们。

他们打了胜仗，一路高高兴兴。

一场大战下来，他们才折损了十五人。

他们杀死了郭大狼与郭三狼。

他们抢来了七十七位美女。

他们抢来了十匹马驮的财物。

他们一路浩浩荡荡，吹着欢快的口哨回家。

轰！轰！轰……

这时，一颗颗炸弹落在他们中间。

一颗颗炸弹在他们中间一下下炸开了花。

他们蒙头转向。

他们一边顾着美女一边顾着财物。

他们什么都没顾下来。

他们溃不成军。

张排长：“咋办?”

夷莎多：“冲!”

他们组织了三次兵力往前面无比狭窄的谷口冲。

他们没有冲出谷口。他们发现自己的后路已被切断。他们急得像热锅上的蚂蚁。他们你埋怨我，我埋怨你。渐渐地，他们没有组织。

“张排长，你去摸摸情况。”夷莎多找到张排长。

张排长带着夷莎多的命令前去摸查情况。他去了，没有回来。

轰轰轰……

砰砰砰……

孟团长的伏击圈在渐渐缩小。那缩小的伏击圈越来越像一个口袋。

夷莎多他们差不多被装在了这个口袋里。

夷莎多举起油黑的驳壳枪，独自一人向科拉谷谷口冲去。

他想撕开一条口子让夷莎勇士们逃出去。

他没有撕开一条口子。

他感觉有什么东西拉了一下自己的右手。他手中的驳壳枪飞了出去。

然后，“轰”的一声，一颗炸弹不偏不倚落在他身旁。

他一时间慌了神，不知道趴下来躲开炸弹。

他被炸弹炸飞了起来。

他什么都不知道了……

第三章

夷莎多在毛家沟山腰上醒了过来。

他睁开眼睛，看见了一对母子。

那母亲年轻漂亮，那儿子乖巧懂事。他们在院子一隅洗头。他们有说有笑。

他们的笑声与水声混合在一起，那么单纯，那么可爱，就像来到了没有战争与复仇的世外桃源。

他看了看自己，发现自己躺在一张简陋的竹床上，身上盖了一件绵羊皮。他的头边，一碗热气腾腾的米粥在散发着诱人的清香。

“我这是在哪里?”他有气无力地问。

“毛家山。”那位年轻漂亮的母亲远远地回答。

那母亲介绍了自己。她叫闽山，她是夷莎堡村庄里的人。她十八岁嫁到毛家沟。她的男人是一位猎人，她的男人在一次狩猎中被一只野猪撞死了。那是她嫁过来的第八年。她开始守寡。她有了儿子蝥，她一年四季守着蝥过日子。现在，她已经二十九岁，蝥三岁。他们一直住在猎户搭在山间的竹笆房子里，他们主要以采草药为生。

他们在找草药的路上遇见了被炸飞的夷莎多。

他们把夷莎多背回家。

他们为夷莎多疗伤。

他们起早贪黑煮了五天的草药来喂夷莎多。

他们救下了夷莎多一条命。

夷莎多挣扎了一下，勉强坐起："原来是一个村庄的。"

闽山还在夷莎堡的时候，夷莎多才十二岁。那时，夷莎多过的是少爷的日子，他衣来伸手饭来张口。他一年四季很少走出夷莎大院，他不知道夷涉堡村庄里有多少家住户，更不知道根骨上来说有些卑微的闽山。夷莎多想起自己的过去，其脸上显现了惭愧。人生三起三落，就像漂木三浮三沉。夷莎多一边喝着散发出一阵阵清香的米粥一边皱紧眉头沉思。一个人来到这个世界上本来就没有什么高贵与卑微，人与人是平等的，没有这样那样之分的。他在沉思的同时谴责自己。

夷莎多喝完了一大碗米粥，正准备从竹床上起来。

他还没有起来，闽山就洗完蝥的头走过来了。

她的手中端来了另一碗满满当当的粥。

她的胸部无比丰满。

她走来的一路，其胸口上的两只大白兔在轻便灵动地跳舞。

她来到夷莎多的身边。她伸出细白柔软的手把满满当当的米粥端给了夷莎多。

夷莎多听话地接住米粥喝完，然后从竹床上下来。

他的头有些昏，走起路来头重脚轻。

他走到竹篱笆围成的院子里。

他深呼吸了五下，感觉自己清醒了许多。

他睁大双眼，看见了无边无际的雪花。那无边无际的雪花覆盖了周围所有的山野。

夷莎多："这是哪里，闽山？"

闽山："毛家沟。"

闽山与儿子蝥相依为命。他们居住在毛家沟上去的毛家山中间。他们不依靠亲戚，也不依靠朋友。他们靠自己的勤劳与智慧为生。他们救了夷莎多，但并不要求回报什么。

夷莎多："你知道夷莎堡的情况吗？"

闽山："知道。"

夷莎多："你说说？"

闽山说了夷莎堡的情况。夷莎堡村庄里的人大部分逃跑了，没逃跑或跑不了的，就被孟团长的兵惨不忍睹地杀害了。豹子岩下面的原始森林里，那些死人的尸体这里一具，那里一具。那些从人的身上流下来的鲜血，染红了大半个山野。

夷莎多："科拉谷呢？"

闽山："全是夷莎勇士们的尸体。"

夷莎多："我呢？"

闽山："你在科拉谷左下方悬崖边一根古藤上挂着。"

夷莎多："你们怎么知道我还没有死？"

闽山："你的手在摇。"

夷莎多："一直摇吗？"

闽山："也不是，偶尔摇一下。"

夷莎多被炸飞后，其实什么都不知道了。他一直生活在潜意识世界里，他感到自己时而在天上飞，时而在水里游。他迷迷糊糊的，想动动身子，但怎么动也动不起来。当然，幸亏没动起来。他的下面是悬崖峭壁，假如他动了起来，那么就可能一骨碌掉进万丈深渊里去了。

"你的救命之恩我会用一辈子一点点报答的。"夷莎多十分诚恳地说。

夷莎堡与郭氏梁子打仗，孟团长是最大的赢家。他不仅占领了夷莎堡，还占领了郭氏梁子郭氏兄弟的一大片土地。他驻扎在夷莎堡，以夷莎堡主人的名义让夷莎堡周围的部落氏族来租种土地。他以郭氏兄弟的名义，把郭氏梁子郭氏兄弟的所有财产与土地全卖了出去，他把得来的一半财产送给了 Q 军营里的长官。

他在夷莎堡驻兵，并修建了自己的公馆。

他过着土皇帝般无比奢靡的生活。

夷莎多呢，在毛家山隐姓埋名。他不再姓夷莎，也不再叫多。他给自己取了一个极度老土的名字：阿仇。阿仇阿仇，有感叹，有仇恨。阿仇成了闽山的男人，蜇的继父。他对闽山很好，对蜇也很好。

他在毛家山住了两年。

闽山有一张漂亮的脸孔，一对饱满迷人的乳房。

她每天上山下山。

她把挖药材辛辛苦苦卖得的钱毫不吝啬地花在已改名为阿仇的夷莎多和蝥的身上。

她是女人中的女人。

白天，她马不停蹄地劳作。

晚上，她是爱的魔女。

她一次次摸住了阿仇胯间抬头摆尾的小野兽。

她攥着阿仇胯间抬头摆尾的小野兽，像推磨一样，左推一下，右拉一下。

她是见过男人的女人，她是懂男人的女人。她骑在阿仇的腰上，把阿仇巍然挺立的小野兽塞进自己的爱巢深处。

她饱满的双乳在阿仇冷峻的面孔上方一直摇，一直晃。

她结实性感的臀部在阿仇大腿根处上上下下、左左右右地晃动。

阿仇的屁股一次次抬起，一次次放下。

他云里雾里，像喝醉了酒的大汉。

他的灵魂在极乐世界边缘漫游。

他的手伸了出来，一次次捧住了闽山饱满迷人的双乳，再一次次抱住闽山不停晃动的臀部。

闽山在上面“啊啊啊”地叫唤，阿仇在下面“哦哦哦”地回应。

他们的身下，木棍搭成的木床在“哐当”响动。

他们在摇，木棍搭成的木床在摇，整个毛家山在摇。

他们在摇来晃去里爬到了爱的高峰，变成了流水，从爱的高峰“哗啦啦”湍急而下。

他们是鱼，他们是水。他们在湍急而下中喷出团团爱液，他们的团团爱液打湿了自己，打湿了木床，打湿了毛家山。

然后，他们停了下来。

他们的全身湿漉漉的。

他们眼睛里奔突的野兽在渐渐安静。

闽山问阿仇：“可以吗？”

阿仇回答："棒极了。"

他们忘记了人世间的疾苦与忧伤。他们一次次抱住对方，一次次撩起对方，然后在对方的身上没完没了。

阿仇有时想起夷莎族人。

那些死去的族人，裹着一身墨黑的毡衣，时不时来到阿仇的面前。

"你忘记了我们？"他们站在阿仇的左侧。

"没有。"阿仇回答。

阿仇的右侧站着闽山。闽山的眼睛里正奔跑欲望的风。阿仇与闽山的周围只有山谷，只有密林。他们准备在山谷密林里完成燃烧与冷却。

"那你想好了？"他们进一步问。

"还没哩，但一直在想。"阿仇有点心虚。

他确实一直在想。他像一只孤雁，他孤身一人，他一无所有。他知道自己无法与孟团长硬拼，他在寻找机会。他的寻找，其实是等。他一直等。他等了一天又一天，一月又一月。他准备一直等，哪怕江河倒流、地老天荒。

"那好吧，你好好想。"死去的夷莎族人们看了看阿仇注满无奈的眼睛，有些埋怨地走开了去。

死去的夷莎族人们走了，闽山与阿仇就开始了。

山谷里的草木郁郁葱葱，各种不知名的野鸟在密林深处扑棱着翅膀飞来飞去。闽山解开了自己的衣襟，把自己一对饱满迷人的乳房露了出来。她的脸红彤彤的，像树枝顶上行走的初夏的太阳。密密匝匝的树枝下，带有温暖气息的枯枝败叶柔软无比。一条一条的阳光，一块一块的阳光，带上金黄的色彩，在枯枝败叶上微微颤抖。

闽山饱满迷人的双乳柔柔的，实实的，娇娇的，嫩嫩的，像熟透的白草莓，像香气四溢的野葡萄。阿仇年轻的嘴唇凑了上去。他在熟透的白草莓上摸着，吻着，舔着。他一双深邃的大眼睛里装了满满当当的爱的香气。

闽山的脸孔对着密密匝匝的枝叶抬了起来。唉，舒服极了。她在内心深处忍不住感叹。她嗅到了山野的芬芳，她蓬勃的性欲在山野的芬芳里舒枝展叶。她看到了血管里的血液，血管里的血液在声声叫唤爱的伴侣。她的手轻轻地压在阿仇的后脑勺上。

她抚摸着阿仇的后脑勺：“亲爱的，来吧！”

她仰着欲望的脑袋慢慢地倒了下来。

她倒在柔软的枯枝败叶上，倒在欲火猎猎的阿仇下。

她像一头发情的母鹿，张开四肢，微闭双眼，让自己的嘴唇轻轻开启。她小巧的鼻翼时不时哼出了一首首情欲的歌。

阿仇跪伏在闽山亮丽的胴体上。他在闽山亮丽的每一块柔嫩的肌肤上抚摸，亲吻，舔弄。他从闽山的双乳开始，一厘厘一寸寸吻到闽山的脖颈，闽山的脸孔，闽山的嘴唇，闽山的眼睛，闽山的耳垂，闽山的耳廓。他从闽山的耳廓开始，一厘厘一寸寸往下吻。他吻到闽山平滑的肚腹，吻到闽山健硕的大腿，吻到闽山潮湿的美穴。他心中的火在阵阵燃烧，他的血液在血管里波涛汹涌。他褪下了闽山的裙子，也脱下了自己的裤子。他看见自己的命根在胯间仰头挺胸，他准备把自己的命根塞进闽山潮湿的美穴。他还没有把自己的命根塞进闽山潮湿的美穴，他被闽山翻在身下。

闽山灵动深情地压在阿仇身上，其性感的嘴唇在阿仇身上游走。她的右手伸向阿仇的下体，一寸寸向内，然后一把把住了阿仇的命根。她五根纤细的手指在阿仇的睾丸上捏来捏去。身体的另一边，其饱满迷人的双乳在阿仇健壮的肌肤上一下下摩擦。

“妙极了！”阿仇说。

“还有更妙的。”

闽山的头移向阿仇的下体。她犹豫片刻，然后张开了性感的嘴唇，并一口含住了阿仇坚硬如铁的命根。她巧舌如簧，她的巧舌在阿仇坚硬如铁的命根上顶来顶去。她一边用性感的嘴唇做着这一切，一边用纤细的手指在阿仇的大腿根处摸来摸去，在阿仇的睾丸上捏来捏去，在阿仇的臀部上抓来抓去。

阿仇躺在阳光斑斑点点的密林深处。他已经成了神仙。他在自己的想象里腾云驾雾，他在翻筋斗，他在仰卧起坐。他蒙住自己的眼睛与自己捉迷藏，他看见灵魂的海，灵魂的海在波涛汹涌，一条条鲨鱼在波涛深处不停地游。

阿仇："醉了！"

闽山："还没喝哩。"

阿仇："那就喝。"

闽山和阿仇在毛家山密林深处大汗淋漓了一番。他们满足了，累了。

他们躺倒在枯枝败叶上休息。

闽山在竹篮里藏了一坛味道醇烈的烧酒。她把遮盖在烧酒上的六根竹枝轻轻地拿开，然后把烧酒从竹篮里捧了出来。

她把烧酒递给了阿仇。

阿仇接过酒坛，还没开喝就一脸醉意。

他在毛家山住了两年，他一直没沾酒，阿仇也没给他买过酒。他抱着酒坛子，一脸沉醉地闭上了眼睛。那神情，仿佛已喝了三斤烧酒。他闭上眼睛沉醉了半袋烟的工夫，然后莫名其妙地流下泪来。

"为什么哭了？"闽山关心地问。

"因为想哭。"

阿仇并没有想哭。他只是想到了阿荞、夷莎堡以及夷莎族人。他的情感无比复杂，他不知道怎样去表达自己无比复杂的情感。

闽山用一双纤细的手在阿仇冷峻的脸孔上擦拭。她知道阿仇的极度悲伤，她不要阿仇那么悲伤，她擦干了阿仇脸孔上的泪水。

阿仇拔开了酒坛子上坚实的木塞，他深呼了一口气，然后抱起酒坛子猛灌一口。他的脸一下子涨红了起来。他的嘴巴无比夸张地张大，他的舌头在张大的嘴巴里红红地伸了出来。

闽山："什么感觉？"

阿仇："辣。"

阿仇一直不沾酒。他是个有仇的人，他不能沾酒，假如沾了酒，他将失去自控力。

闽山："多喝几口就不辣了。"

在闽山的鼓励下，阿仇真的喝了。他一口接一口地喝起了闽山带来的烧酒，在空大无人的密林深处。他叫闽山也喝一口看看，闽山接过酒坛子喝了。他们成了自己的活神仙。他们你喝一口，我喝一口，把一坛烧酒转来转去。他们的周围，阳光在树枝顶上走来走去。他们坐在茂密的树枝下，他们把自己一点点喝醉。他们肆无忌惮地哭，肆无忌惮地笑。他们像疯了一样，你抱着我，我抱着你。他们在树枝下打滚。

阿仇："我不是阿仇，我是夷莎多。"

闽山："对！你是我的夷莎多。"

阿仇："我要杀死孟团长。"

闽山："好！我们一起去刺杀孟团长。"

闽山和阿仇在毛家山上去的山谷密林里发泄自己的情感。他们以为毛家山上去的山谷密林里除了自己空无一人，他们想错了，他们的一切被毛家山单身汉克迪看在眼里，记在心里。单身汉克迪把他们的一切报告了夷莎堡驻扎的孟团长。

毛家山的太阳渐渐偏西。

闽山和阿仇喝够了，醉够了，疯够了，然后才开始挖药材。这天，他们的运气特好，不到半袋烟工夫，他们便挖到了半竹篮野生天麻。这半竹篮野生天麻，拿到市面上可以直接调换五十斤大米。他们在自己的内心深处无比高兴。他们正准备下山。

闽山："好像出什么事了？"

阿仇："什么事？"

闽山："不知道。"

他们提着竹篮往山间跑。他们的蝥还在山间的竹笆房子里，蝥不会出什么事吧？他们想。山林里隐隐约约的小路弯来拐去，他们跌跌撞撞。他们的手掌上插满了各种野刺，他们的手臂、脖颈等被各种树枝划伤，他们没有感觉到疼。他们往山间跑，一边跑一边紧张。他们越紧张越跑不快。他们一路上跌了无数跟斗，他们身上的肉青一块紫一块的。

跑啊，跑啊……

他们一直跑。

他们跑到了山间。他们看见了山间的竹棚。

他们跑进竹棚，没有找到已五岁的蝥。

鳌到哪里去了？闽山最先跑出了竹棚。

她在竹棚周围找了一圈。她站在竹棚前面的土墩上扯开嗓门喊鳌，但没有回音。

砰！砰砰!!

这时，山下响起了零碎的枪声。

怎么回事？不需再是阿仇的夷莎多跑进竹棚里拿出了闽山的男人遗留下来的弓箭和标枪。他三步并作两步走到了闽山跟前。他知道孟团长来了，他拉着闽山往山上跑。闽山不跑，他把闽山扛在了肩膀上。

零碎的枪声越来越近。

夷莎多扛着闽山刚跑出一里地，孟团长的兵就端着汉阳造88式步枪来到跟前了。

他把闽山从肩上放下来。

他拉弓搭箭，“嗖嗖嗖”地几下，把一支支箭矢射给后面的追兵。

追兵们有的被箭矢射中，有的突然趴下身子躲开了箭矢。

追兵们一边追一边喊：“快快放下武器投降！否则，死无全尸。”

“我们不要全尸！我们誓死不降……”

闽山看到了这等阵势便不再折腾。

她跟着夷莎多在毛家山山腰上一边东躲西藏一边滚石头砸后面的追兵。他们的周围，一颗颗子弹打着呼哨飞来飞去。他们跑进了密林深处。他们在密林深处时不时伏击一下孟团长的追兵。

孟团长的追兵在追杀夷莎多与闽山的路上折损了十一位。

孟团长的兵不怕折损。

孟团长不杀掉夷莎多与闽山不罢休。

闽山：“我们往悬崖那边跑。”

夷莎多：“有路?”

闽山：“有一条藤条路。”

那是昼长夜短的季节，天空一直要黑了，但就是没有黑。

闽山和夷莎多被包围在毛家山密林深处，他们可以逃跑的路越来越少。他们在密林深处往左跑，往右跑，往上跑，往下跑。

他们差不多成了孟团长的瓮中之鳖。

夷莎多手中的箭矢早已射完，手中的标枪也投完了。

夷莎多和闽山的手上每人只有一把弯刀。

他们差不多在抵抗中失去抵抗，逃跑中失去逃跑，报仇中失去报仇。

他们你拉着我，我牵着你。

他们往毛家山山谷密林深处右上方悬崖边跑去。

他们跑啊跑的，跑了半袋烟工夫，然后来到了悬崖边。

悬崖边上横贯一根老藤。老藤手臂一般粗壮。老藤从悬崖这边横贯到悬崖那边。从悬崖这边到悬崖那边，差不多有二十米。夷莎多与闽山只要从悬崖这边的老藤上过去，慢慢走到悬崖那边，然后砍断老藤，他们的小命就算保住了。

夷莎多先在老藤上试了一下。

那老藤飘摇在悬崖上空，人一踩上去就剧烈晃动。

夷莎多："我先给你稳住。"

闽山："不，我不一定过得去。"

夷莎多："那么你先给我稳住。"

闽山不相信自己能走过老藤到悬崖那边去，她让夷莎多先走。她在悬崖这边使出吃奶的劲稳住摇摇晃晃的藤条。

夷莎多的两只手颤抖着趴在悬崖上，一步步踩上了藤条。

他一边行走一边调节自己的呼吸。

他不慌张，也不能慌张。

他知道自己的生死其实只需要一个摇晃，他慢慢腾挪。他的脸上，手臂上，脖颈上，脊背上，头发上全是一颗颗拇指大小的汗水。他顾不了那一颗颗拇指大小的汗水，他一步步挪移过去，花了差不多一袋烟的工夫，到达了悬崖那边。

夷莎多在悬崖那边稳住老藤。他叫闽山不要慌张，慢慢踩上老藤。

闽山把自己的纤纤细手扶在了悬崖上，她像先前的夷莎多一样一步步踩上了老藤。夷莎多在悬崖另一边使劲稳住老藤。她一步步挪移，一步步靠近悬崖那边。十米，九米，八米，七米……她自小在大山深处长大，动作灵巧。她离自己的生只剩五米了。

砰!

砰砰!!

当闽山离自己的生只有五米时，孟团长的兵端着汉阳造 88 式步枪赶到了。

他们站在悬崖边向夷莎多和闽山开枪。他们的枪法并不精准，他们打出的子弹在闽山和夷莎多的周围落地，他们叫闽山和夷莎多投降。

闽山在悬崖中间的老藤上，她往前走也不是，往后挪也不是。

夷莎多站在悬崖另一边稳住藤条，他一边稳住藤条一边与悬崖口上孟团长的兵搭话。他希望孟团长的兵发发善心。

孟团长的兵是不可能发什么善心的。

夷莎多没有看到孟团长。他知道孟团长的兵只不过是想要银元。

他想用假想的银元哄住孟团长的兵。

孟团长的兵并没有被哄住，他们想一枪一个打死闽山和夷莎多，但又怕被打死的闽山和夷莎多掉进下方的万丈深渊。

孟团长不在现场，他们需要带回闽山和夷莎多的尸首回去。

孟团长的兵：“你们走过来。”

闽山：“不走过去。”

孟团长的兵：“不走过来就打死你们。”

闽山：“那你们就打死我们。”

闽山和夷莎多不是傻子，他们不可能走回悬崖口，他们走回悬崖口与被打死在悬崖中是一样的。夷莎多狠狠地拉住老藤，他示意闽山慢慢地挪过来。

闽山读懂了夷莎多的心。

她一边在老藤上颤抖一边向夷莎多那边挪去。一卡，两卡，三卡，她刚挪完一米，悬崖口那边的老藤便猛烈地摇晃了三下。她斜着眼球瞟了一眼来的方向。来的方向有三位孟团长的兵踩上了藤条。他们不顾生死，他们快速地向闽山挪动。

闽山：“咋办?”

夷莎多："不要管他们。"

闽山："来不及了。"

三位孟团长的兵与闽山的距离越来越近，与夷莎多这边的悬崖口也越来越近。他们一伸手就可以抓住闽山了，闽山求生的眼神渐渐失去光彩。她纤细的手从悬崖上下来，然后从自己背脊上摸出那把随身携带的弯刀。

她攥紧跟随自己十多年了的亮光闪闪的弯刀，咬了咬牙，然后迅速蹲下身来向老藤砍去。

"闽山！闽山……"夷莎多惊呆了。

他一直喊闽山的名字，他不知道该说什么。

"我先走一步了。你要找到我的螯，然后照顾好他。"

闽山并没有停下手中的弯刀。

她使劲砍断了老藤。

她上穿一件天蓝色的长袖右开襟新衣，下穿一件红色的半旧百褶裙。她砍断了手臂粗壮的老藤后，像一只美丽的彩蝶，转过身无比深情地瞥了夷莎多一眼，无比从容地坠下万丈深渊。

砰！

砰砰！！

砰砰砰！！！

悬崖口上站着的孟团长的兵看到闽山欲砍断老藤便毫不犹豫端枪射击。他们想吓唬住闽山和夷莎多。

他们没有吓唬住闽山和夷莎多。

从悬崖口踩上老藤去抓闽山和夷莎多的三位兵丁在老藤上后移了四五步，然后与闽山一起坠入了万丈深渊。

"闽山——闽山——"

夷莎多的手紧紧地拉住被闽山砍断了的老藤。他站在悬崖边上佝着腰向闽山坠去的身影撕心裂肺地呼喊。

他只听到悬崖的回音，没有听到闽山的回话。

砰！

砰砰！！

砰砰砰!!!

悬崖口上站着的孟团长的兵不再手软。他们端起枪往夷莎多的身上射击。

他们打来的子弹打断了夷莎多手中攥着的老藤。

他们与夷莎多隔着二十米的悬崖。

他们打醒了夷莎多。

夷莎多躲进了身后的悬崖皱褶处。

孟团长的兵们看得见夷莎多，但就是打不中夷莎多。

他们的心中又恨又急。

在枪声接连不断与子弹呼啸而过中，漫长的天色一寸寸黑下来了。

一寸寸黑下来的天色对夷莎多越来越有利。他隐身在悬崖褶皱间，时不时扔几块石头回击孟团长的兵。

他扔出去的石头带着三千丈的仇恨。

他扔出去的石头一次次命中悬崖口上正端枪射击的孟团长的兵。

当天色已经暗黑，孟团长守在悬崖口的三十四位兵便被夷莎多扔出的石头打伤了二十位。他们看着顺夜色而来的石头，越来越害怕，越来越恐惧。

“你在悬崖那边自生自灭好了。”孟团长的兵准备撤回。

“你们不是非杀我不可吗？快飞过来杀我嘛，我在这边等久了哩。”夷莎多看见天色已经暗黑，不再怕孟团长的兵。

“反正你哪里也去不了，让你多活一个晚上，也算老天爷发了慈悲。”孟团长的兵打着火把顺着密林深处的路回去了。

孟团长的兵准备第二天再杀回来。

他们回到夷莎堡孟团长的驻地。

他们在夷莎堡孟团长的驻地一直找孟团长，但一直没有找到孟团长。

“孟团长哪里去了？”他们一边找一边问。

他们什么也没有找到，什么也没有问到。

夷莎堡村庄里没有孟团长，也没有了孟团长的兵。孟团长与孟团长的兵似乎就这样凭空消失了。他们不知道Q军营与R军营发生了战争，他们不知道夷莎堡的孟团长与孟团长的兵全被调去打仗了。

第四章

夷莎多隐藏在毛家山悬崖间一条一条的褶皱里。

他不知道悬崖背后是什么。

他一直等天亮，也一直怕天亮。

他想起已坠下万丈深渊的闽山，心在一寸寸刺痛，一节节流血。

他想起自己与闽山一起喝多了烧酒后胡言乱语。

在伸手不见五指的暗黑里，他懊悔不已。

他看见自己的肠子在渐渐变青。

“我为什么喝酒？我不应该喝酒。天哪，我这是什么命运啊！”他捏紧拳头击打自己的脑袋、胸口、肩膀。

他隐藏在悬崖中间天然形成的褶皱里既不敢睡觉，也不敢挪步。

他的眼泪在自己的脸孔上一颗打着一颗。

他感到这个世界冷冰冰的，就像冬天里的冰窟窿。

他想起夷莎单。

夷莎单是一个好人，身体微胖，不管走到哪里都带着一张笑脸。

他想起夷莎太太。

夷莎太太一生勤劳，刺绣手工做得很好。她刺绣出来的绣花包、儿童鸡冠帽等看不出针脚。

“可惜好人命不长！”他摸着自己的胸口一次次感叹。

难道非当一回王八，然后心安理得地活一千年吗？不行，这当然不行。他在自己的内心深处拒绝。

毛家山密林深处静静悄悄的，只有午夜的风在悬崖下方的深渊里自由自在地扭来扭去。

午夜的风就像梦游的人，梦游的人穿上现实的衣裳，其手掌里有闽山的美，闽山的爱，闽山的眼泪与呼唤。

梦游的人一次次扑打在夷莎多衣裳单薄的身上。

梦游的人像极了古老的传说。

古老的传说一次次涉入夷莎多可怜无助的心。

他倚靠在悬崖的褶皱里，当黑夜差不多走到一半时，干脆想一些与生活中无关紧要的事。

他想母亲讲的《阿普神人》。

传说，阿普神人十二三岁的时候，有一天，他到一片浩渺无边的大林子里去捕鸟，捕着捕着，忘记了时间，天黑了才想到回家，可已经来不及了。他找到一棵粗壮高大的古柏，先把自己捕获的那只瞎了一只眼的野鸡拔毛烧来吃了，然后砍了一根柏树枝垫在身下睡觉。

半夜，正当阿普神人睡得迷迷糊糊，突然感觉有脚步声由远而近。那脚步声一边走一边“咕咕咕”地叫唤鸡。他想，这深山老林的，莫非什么人家把鸡弄丢了？这时，脚步声来到古柏前：“古柏老兄，你可看见我家的独眼老母鸡了？不知咋的，今晚我家的那只老母鸡不见了。”他以为有人跟自己说话。他正想回答，背后的古柏却开始说话了：

“山神嫂嫂，你不知道，昨晚我们家来了客人，你的独眼老母鸡被他烧来吃了。另外，他还砍了我一条手臂枕着睡呢？我的手好疼，好疼……”

阿普神人浑身上下毛骨悚然。他当夜无眠。第二天天一亮，他就什么也不顾地往家里跑了。

三年后，阿普神人长成了一条粗壮的汉子。有那么一天，他到坡上去割蕨蒺草，看见一位白白胖胖的婴孩躺在蕨蒺草上。他以为是不负责的年轻男女们丢弃的，便一边背着蕨蒺草，一边抱着婴孩回家了。到了半夜，他突然听到有一把石砂冰雹般猛烈地撒向屋顶，然后有“轰隆轰隆”的吓人的声音。

他听见有一位老太婆沙哑的声音在苍穹里喊：“还我的孩子，快还我的孩子！”

灯灭。火熄。世界一片漆黑。阿普神人一家人瑟瑟发抖，挤成一团。

老太婆的声音威胁道：“不还我的孩子，我就挤奶水淹没村庄，毁猪圈埋葬村民。”

阿普神人想到白天在山坡上拾得的婴孩，便马上从木床上抱起，从土窗里丢了出去。

“哎哟，我的孩子！哎哟，我的宝贝……”外面的老太婆抱走了婴孩。少顷，村庄归于平静，一切似乎不曾发生过般。

后来，有一年夏天，知了躲藏在嫩绿的叶包里“知了——知知”的不知疲倦地鸣唱。阿普神人在一个叫甲古的地方甩稻秧把。那是中午，阳光强烈灼人。在莫伙山外，来了两位不速之客，声称是冷里老爷派来的。他们坐在地边对阿普神人说：“今天老爷家女儿出嫁，要请你过去帮忙摔跤。”阿普神人甩着他的稻秧把，若无其事地道：“你们两位先去，我甩完这些秧把就来！”说完，他又自顾自甩稻秧把。

阿普神人甩完稻秧把，洗了脚洗了脸，然后换了衣服才向冷里老爷家出发。他到冷里老爷家的时候，正是冷里老爷家的人被男方家摔得一败涂地，惨叫连连的时候。他吃了三大簸箕的牛肉，三大簸箕的苞谷粑，然后才站在堂屋中间一一应战各方请来的好汉。先来一人，是一个虎背熊腰的莽汉。他顺势一摔，就把那莽汉摔到楼板上去了；又来一人，是一位磐石一样矮壮的。他提起一丢，就把矮壮的丢到院子里去了；再来一人，是一个树桩般不可动摇的。他转着身子一挑，把那树桩般的挑到一根圆木柱子上，脊椎骨断成了两节。再然后，所有来人都目瞪口呆，没有一个人敢上前应战了。于是，他胜利回家了。

走到莫伙山腰时，阿普神人与两位先前来请他的使者相遇。

两位使者问道：“你不是在我们后面吗，怎么跑到我们前面去了？”

阿普神人道：“我是已摔完跤回来了的。”

两个使者半信半疑，问道：“你可摔赢了？”

阿普神人说：“一个被我摔到楼板上去了，听说断了一只手；一个被我摔到院子里去了，听说断了一条腿；一个被我摔在柱子上，腰杆断了。”

两个使者听得一脸惊异，瞠目结舌。

此后，阿普神人的名声越来越响亮了。他在别人的歌颂与赞扬中飘飘欲仙。他以为自己天下无敌了。他想到山外有个勒里神人，欲找其较量。

勒里神人不在家，唯有其母亲在家料理家务。她见阿普神人到来，十分热情，端了一盘铁砣砣招待阿普神人。阿普神人抓起一个，塞进嘴里，狠狠一咬，没咬动，只留下几颗齿印。勒里神人的母亲说："我家儿子就喜欢吃这个。"阿普神人想，山外山，人外人，三十六计，走为上策。他没等勒里神人回来，就找借口夺路而逃了。

逃到半路，阿普神人与勒里神人恰恰相遇。勒里神人说："我是勒里神人。"阿普神人说："我是阿普神人。"勒里神人拿一粒米饭粘在猎狗的鼻梁上，叫阿普神人射中，却不准射死猎狗。阿普神人没有把握，但也只得斗胆试试。拉弓，搭箭，射中了米粒，但也把猎狗给射死了。于是，阿普神人在前面逃，勒里神人在后面追。见山翻山，见河涉河。阿普神人抓来乌云挡在了后面，勒里神人就牵来飓风把乌云吹散。勒里神人在莫伙山拉弓搭箭，嗖的一声射出箭来。当时，阿普神人正逃至牛儿坡，他躲不及，所以抱了一座磐石挡了一下，磐石被射成了两半。

此后，阿普神人不再去找什么人较量了。他喜欢骑着一匹棕色神马，常行走于金沙江两岸的村庄。有那么一个阴天，阿普神人从阿伙挖同山上过时，与神马一起摔落下来，跌死了。后来，当地有谚语说，神马有失蹄时，神人有想错时。从那时起，在阿伙挖同山崖下，有一座马形的山林，当地人称之为"木古木伙"，传说是阿普神人的神马幻化的。

夷莎多想阿普神人的故事。他一边想一边在阿普神人的故事里行走。当他差不多行走出阿普神人的故事时，毛家山的天就一寸寸发亮了。

在一寸寸发亮的天里，夷莎多听到了一声声初夏的鸟鸣。那鸟鸣就像珍珠一粒粒落在铜盘上。那清脆干净的声音行走在毛家山密林深处，来到悬崖边藏着的夷莎多的耳朵边。

他灰暗的灵魂明亮了一下。

他从悬崖褶皱里探出头来，没有看见孟团长的兵。他极度紧张的神经渐渐松弛了下来。他看了看悬崖背后，悬崖背后光秃秃的，除了一座座悬崖，什么也没有。他根本不可能从悬崖背后逃开。他庆幸自己没有掩着夜色从悬崖背后逃开。

他站在悬崖口上。

他就像一座孤岛。他瞪目远眺，看到了毛家山村庄。

毛家山村庄安安静静的。

“孟团长的兵哪里去了？孟团长的兵不是说一大早就来追杀吗？为什么看不到孟团长的兵的踪迹？”夷莎多一遍遍问自己，一遍遍得不到回答。

“得不到回答就是最好的回答。”他自我安慰地想。跟随一寸寸的亮光，他开始寻找自己的出路。

他找不到自己的出路。

他想到了死神。

他听见死神的脚步在悬崖中间徘徊。咚咚咚，咚咚咚，死神的脚步极像巫师的神鼓。

巫师的神鼓一阵紧似一阵。

“神灵啊，救救我吧！”夷莎多十分虔诚地祈祷。

他的右手沉重地摸住自己的左胸，一双深邃的眼睛微微闭上。他的神情无比虔诚。他坐在自己的孤岛上一次次祈祷，一次次失望。他深仇未报，他不能死，不想死。他要走出孤岛，他要为夷莎族人和闽山报仇，他还要找到闽山的儿子螯。

他睁眼闭眼。

他等待奇迹发生。

他没有等到奇迹发生。

这时，他听到自己的肚子在“咕咕”叫了。他摸了摸自己的身上，他的身上除了一把雪亮的弯刀，什么也没有。

“那就看你的了！”他把雪亮的弯刀当作了自己忠实的伙伴。

他脱下自己的上衣。

他用弯刀把自己的上衣切割成六十七根布条。

他用这些布条搓成了一根四米长的绳子。

他把四米长的绳子打了个活套。

他头顶悬崖上有一棵半人粗的弯脖子刺槐。

弯脖子刺槐枝繁叶茂。他四米长的绳子刚够到刺槐，却套不住刺槐。

“咋办呢?”他想。

他的身上已经没有上衣。

他的上身全裸。

“对了，裤子。”他的下身还穿着一条大裤脚的蓝色裤子。

他脱下自己大裤脚的蓝色裤子。

他用弯刀把蓝色裤子切割成九十五根布条。

他用九十五根布条搓成了一条五米的布绳。他把两条绳子打了个结连在一起。他借助绳子的距离爬上了弯脖子刺槐。

他骑在弯脖子刺槐上，看见了悬崖左上方生长的一棵大腿粗的野梨树。

他爬上了野梨树。

他站在野梨树枝丫上看见了草木葱郁的悬崖顶。

悬崖顶上一丛荆棘林正张牙舞爪地探出脑袋。他准备借助绳子的距离爬上崖顶。

他抛出了五次绳套。

他抛出的五次绳套都没有套住荆棘林。

他把弯刀拴在绳头上。

他借助弯刀的重力把绳子狠狠地抛了出去。

弯刀带着绳子在悬崖中间转了个美丽的弧线，然后牢牢地缠在了荆棘林上。

他拉了拉绳尾，感觉绳子缠得严严实实。

他的脚一下下蹬着崖面往上爬。

他往上爬去一步，就可以看到一步生的光芒。

他一步步靠拢崖顶，心一步步跳至崖顶。

“天无绝人之路。”他想。一缕缕阳光从遥远的天边铺展下来包围住他的想。他的想在想的路上五光十色。

吱!

吱吱……

夷莎多马上爬至崖顶时，突然发现荆棘林在晃动。他的脸“唰”的一下，全变白了。

“这不是天亮了才尿床吗？”他想。

他什么都可以想，也什么都无法想。他已经悬挂在悬崖下。他想什么，或者不想什么，其实已无关紧要。一棵棵荆棘枝正在慢慢折断或被割断。他想迅速爬上崖顶显然已来不及，他想顺着绳子返回野梨树也似乎来不及。那一刻，温暖的晨光照耀着他。他悬挂在悬崖中间，就像一个笑话。

吱！

吱吱！

哗啦啦……

一棵棵荆棘被绳子死死缠住的同时被锋利无比的弯刀刀刃割断了。绳子、弯刀、被割断的荆棘一起掉落了下来。

在绳子、弯刀、被割断的荆棘下面挂着的可怜无助的夷莎多像一只没有羽毛的大鸟，在悬崖的中间，用一根布绳拉着一捆荆棘在奔跑。那一刻，他无比自由。

他在自由里失去自由。

他读懂了什么是自由。

“真正的自由是固定在某个方框内的。没有了方框，所谓的自由便不是自由。”他想。他在悬崖中间一边飞一边想。

然后，他带上自己失去的自由往悬崖下方坠去。

他一直坠，一直坠。

他的手一直紧攥布绳。.

哗——

轰！

他闭上了眼睛。他知道什么都不用想了，他的父母在等着他，他的阿荞在等着他，他的闽山在等着他。他马上就可以与亲人与爱人团聚了。他释然了。

然而，奇迹出现了。

在夷莎多离悬崖下方斜躺的乱石堆只有两米远的时候，头顶上的那捆一直坠落下来的荆棘挂在了一道狭窄的崖缝上。他在往下飞的途中荡了两下，然后停了下来。

他停了下来。

他在离地面两米远的空中晃悠。

他晃悠了半袋烟的工夫。

他睁开了眼睛。

他从两米高的地方跳了下来。他全身赤裸裸的，像一只硕大的野猴。

他落在斜躺的乱石堆上。

“什么叫一无所有？这就是一无所有。”夷莎多看了看一丝不挂的自己，心神悲凉地感叹。

他在乱石堆上坐了下来。

他累了，也饿了。

他十五个小时没吃过一点食物了，他看到什么就想吃什么。他的眼睛在乱石堆边寻觅。

他找啊找的，找到了一堆不知道名字的蘑菇。他顾不了蘑菇是否有毒，他赤裸裸跑过去三下两下就把蘑菇掐来塞进嘴里。“香！真香！”他吃完蘑菇后，十分幸福地感叹。

他想到了自己的处境。

他在感叹里再感叹。

一团一团的阳光从悬崖上空斜照下来，像亲人那般温暖、迷人、亲切、感伤。夷莎多站在乱石堆上看了看自己头顶上的悬崖。那悬崖就像一顶草帽，那悬崖弯着身子悬挂在夷莎多的头上，它让夷莎多无比安全，也无比绝望。

他走进一片原始密林。原始密林下生长着一丛丛粗壮硕长的山竹。他走过枝叶茂密的山竹林，然后向悬崖另一边钻去。

他钻到一棵长满苔藓的老树下时看到了一具尸骨。他再上前两米，又看到了一具尸骨。他再再上前两米，再再看到了一具尸骨。

三具尸骨都是崭新的，但没有了一丝皮肉。

“这里有狼。”他这样想道。

他抬头望了望顶空。顶空被老树密密匝匝的枝叶遮挡住了，他什么也看不到。他在三具尸体旁边找到了三支摔坏了的汉阳造88式步枪。

“天哪！三具尸体不就是在悬崖上被闽山砍断了老藤掉下来的孟团长的三个兵吗？”他想。

他想到了闽山。

他像疯了一样。

他离开三具尸骨到处找，找了整整半天，什么也没有找到。

“该找到的没有找到，不该找到的，倒自己露在眼前了。”他想。他找累了，坐在一截朽木上休息。

他休息了一阵，然后返回那棵长满苔藓的老树下。

他从孟团长的三具尸体旁边捡回三支步枪。

他知道自己在悬崖下面的深谷里。

他知道深谷里有野猴、野狼、猛虎、花豹。目前，他还没有找到走出深谷的路，他随时需要保护自己。

他在密林深处钻了三袋烟工夫的林脚，那亲人般温暖、迷人、亲切、感伤的阳光就走到悬崖顶上了。

他感受到了深谷密林的湿冷。

他走了十多里地，不知道自己走到哪里，也不知道自己该走到哪里。

他觉得自己像极了一只无头苍蝇。

他走啊走的，走累了，走饿了。那时，置放在崖顶的天色正渐渐变暗。

渐渐变暗的天空出现了五彩斑斓的云。

那云一直在动，有时像一个人，有时像一只虎。它慢慢地动着，慢慢地变化着。然后，它从天上下来，落至夷莎多的脚边。

“我是你的父亲夷莎单。”那云说。

那云在夷莎多面前晃了一下，然后消失了。

夷莎多向着心灵的方向，顺着森林与杂草越来越茂密的路，顺着野兽的行迹越来越清晰的路，一直走着，再走着。头顶枝丫上一团团垂吊着须发状的松萝。

他用一路的松萝给自己编制了一件深绿色的大衣。

他走进更深的山谷。

他感到心虚了，或者寂寞了。

当天完全黑尽，他便找到一个宽敞的岩洞。

他捡了一些干柴，在干柴下面放了一小撮干枯的树叶。

他从步枪枪膛里取出一颗子弹，把弹头扭开，然后把弹壳里的火药撒在干枯的树叶上。

砰！

他对着干枯的树叶开了一枪。枪膛里喷出的火焰点燃了干枯的树叶，点燃了干柴。

他在竹林下掰了一堆新鲜的竹笋。

他把竹笋丢在柴堆里“毕毕剥剥”烧熟了后当作晚餐。

那一夜，他平安无事。

第二天，他继续按照心灵的方向，在没有什么人迹的原始森林里走啊走的，虎狼在其周围咆哮，各种各样模样古怪的野鸟一群一群地跟着他。似乎想吃他，但又怕他。野鸟们保持着一定的距离在后面跟着。后来，在天要黑的时候，他在一棵被雷电劈倒的老树旁遇上了一头黑熊。黑熊胆大包天的，它想吃他。他毫不犹豫，也不能犹豫，他迅速端起背着的一支步枪一枪打死了黑熊。然后，他扒下黑熊的皮，挖出黑熊的胆囊。黑熊的胆囊里有墨绿的胆汁，那是很苦的，却是很好的药。这天，他没有找到岩洞，所以找了个树洞睡了。半夜，传来“吱吱嘎嘎”的声音，几只野鸟飞下来把黑熊的皮叼起跑了。他从树洞里起来点了十支火把围插在自己的周围，那一夜才算平安度过。

第三天，第四天，第五天……

他越来越像一个野人。他与野人唯一的不同就是脊背上还背着一支枪。

他就剩了这一支枪。

一路上，为了打发寂寞，他时不时唱火辣辣的情歌：

天上有一个美丽的家，
我在那里生活。
美丽的家里有一张铺着黑熊皮张的床，
我与最爱的人在上面亲热，
我们把火一样燃烧的身体贴紧对方。

我与最爱的人在白云上做爱，
在白云上大汗淋淋，
那爱的汁液，
成为人类企盼的雨露……

他这样唱来唱去，由于谷深林密，似乎也没有感到过多的羞耻。这一路的世界已经完完整整地属于了他。

他赤裸裸地幸福，赤裸裸地快乐。

他无所顾忌。

他想象闽山就在自己身边。

他想象与闽山在密林里安顿了下来。

他们找到了一个岩洞，然后找到水源并修建属于自己的木板屋。

他们的脸上荡漾着幸福的光芒。

他们将把一生中后面的部分消磨在这里，准备认真踏实地过完每一天。

他们烧了一大堆火，丢了几块兽肉在里面烧来吃。

他们围着火光跳舞。

由于火光，由于运动，他们全身热得大汗淋淋的。

他们两个把身上的遮挡物一样一样地脱去了，像人类初始时一样，自然洒脱，无拘无束。

闽山绸缎般光滑可人的肌肤，在火光下雪白无瑕。她一对玉兔似的乳房蹦蹦跳跳的。夷莎多呢，由于火光的缘故，他胯间的“棍棍”呆头呆脑地立起来了。他胯间的东西对着闽山的一对玉兔肆无忌惮地摇头晃脑，所有的行为似乎都带着某种挑衅。

他们围着火堆跳着笑着，笑着跳着。

他们紧紧地抱住对方。

他带着自己的想象在毛家山背后悬崖下的原始密林里迷路。

他在原始密林里迷路了一个月零三天。他不知道自己迷路。

一个月零三天后，他终于走出了毛家山背后悬崖下的原始密林。

他走出密林那天，天上出现了几十年难得一见的日食。

“天上的神灵用自己的方式暗示我，我的好运来了。”他想。

他点燃了一把火，烧掉了与自己相伴了一个月零三天的松萝大衣。

季节正走入盛夏，毛家山背后的天气越来越热。

他光着上身，下身仅裹了一件兽皮。

他的肩膀上扛着一支只有一颗子弹了的汉阳造 88 式步枪。

他希望找到孟团长，然后把这颗唯一的子弹送给孟团长。

第五章

夷莎多走了整整一天，一直没见着村庄的影子。

他有点孤独。

当黄昏流淌着网状的思念，他便在黄昏鸟儿们的找巢声里找到一个山洞住下。深夜，在遥远的东方出现了一弯新月，像刚出生的婴儿一般睁着纯真的瞳孔，瞧着漆黑一片的土地，似乎有些胆怯，又充满渴望。晚风从附近的树上吹过，一片片树叶从风中摇过，似乎有种神灵在周围走动的幻觉。他在山洞里做了一个奇奇怪怪的梦，梦见自己变成了一头黑熊，在一座长满松树与柏树的山上爬啊爬，最后爬得一点力气也没有了，就不由自主从一个山岗上滚下来了。

他一直滚啊滚的，手和脚都被一路丛生的荆棘与灌木划出道道口子了，血从口子里一点点渗出来，却也没有感到痛得不行。

第二天，太阳出来了。阳光在附近的杂木林上空缓缓流动。他听到了阳光的声音，一直不停的“滚”也就停止了。

他从树洞里出来，又开始了一天的行走。

他感到一个人的一生似乎注定行走在某条路上。

他一直走啊走。他没有走出一片又一片的森林和一座又一座的高山。

第三天，天空下起了雨，路又滑又烂。他走到了阿以村庄。

阿以村庄里居住着沙洪与拉吉两个家族。

村庄上方有一座山，沙洪家族来阿以村庄时，坐在那里歇脚，且在那里杀了一头牯牛吃，所以叫沙洪山，或沙洪牯牛山。村庄下方有一条小河，由于拉吉家族从那里经过时一个孩子不幸落入河中被河水冲走，最后无影无踪，所以叫唤子河，或拉吉唤子河。

他拄着步枪，带着一身的疲惫走进村庄。

村庄里有捉虫的母鸡，也有拱土的黑猪。有玩耍的孩子，也有抽兰花烟的老人。他们对一身疲惫的他不闻不问。似乎，他们的眼睛，根本就看不到他这个人。

他来到村庄中间一个大土坎上。

土坎上坐着织布的妇女，讲故事的老人和听故事的孩子，还有一条打瞌睡的毛色深黑的母狗，其身边还有几只小狗在寻奶吃。

他站在那里，深深地呼一口气又吸一口气，本来想说一句什么话，可话到嘴边却变成了一首歌：

为什么没有人理我？
因为我不理任何人。
我为什么不理任何人？
因为没有任何人理我……

他站在大土坎的口子上，十分抒情十分无奈地唱完这首歌。然后，他明白，原来这首歌，唱了或者没唱，其结果都是一样。

大土坎上所有坐的人各做各的事，连那条喂奶的母狗也没有看他一眼。

他无比大声地吼叫了一下。

他的吼叫声像一只山鹰，在村庄的鼓膜外久久飞翔。

土坎中间，深黑色的母狗哼了一声，讲故事的老人咳了一下。

这个世界又事先商量好了一般，归于无声无息。

他的心“咯噔”一下。

他站在那里，站在不言不语的土坎前。他站了很久，然后举起手中的步枪瞪着深邃的浓眉大眼走过去对着吃奶的狗崽和喂奶的母狗一阵暴打。

母狗被打得汪汪乱叫，嘤嘤乱呼，围绕坐着的人群胡奔乱跑。

村庄中间，有一只公鸡扑打着翅膀叫了。

土坎上坐着的人们受到某种启示般站了起来。

看来已是下午了。

土坎上站起来的人一个接一个、三五成群地回家去了。

他们低着头从夷莎多身边走过。

他们没有一个人向夷莎多打招呼，连那些听故事的孩子也是。

然后，天慢慢黑了。

他在土坎上捡到了一把马刀。

在村庄中央，有一棵耸入云端的千年梨树。他用捡得的马刀一刀一刀地把它砍倒了。

那是村庄里的神树。村庄里哪家老人不行了，或哪家孩子感冒了，只要倒一杯酒水放在树下，不出三个时辰就恢复健康了。

他砍倒了这棵树，村庄里的精神支柱差不多也就倒下了。

神树倒下时压垮了一座房屋，把一头牛犊和母牛压死了。那死状真是相当难看。严重的，把房屋压垮的同时，把村庄里长老活生生压断一条腿了。

村庄里所有的人都走出自己的房屋，一群群向他围拢来。

在没有一丝光亮的夜色里，他看到一双双狼眼般可以发出绿光的眼睛。那发出的绿光是火焰的颜色。

“来者若是汉子，请自报姓名！”

夷莎多一声不响地站了一会儿，然后像一个疯子般哈哈大笑。

那些发出绿光的眼睛，似乎只是一些眼睛。他们除了发出叫人恐怖的绿光外，始终没有一丝声息。

“不自报姓名者，死了变鬼也不准找我理论！”

眼睛与夷莎多相互僵持。

“你知道吗，我们不跟你说话，不理睬你是为了你好啊！唉。”这村庄真是奇怪，为了你好，就不理你不睬你，如果为了报恩，还不一刀把你捅了?!

“我也是为了你们好，才对你们这么凶，这么狠啊！”

长老被压断的腿汩汩地流着血。

“好吧，我就给你说说吧。一个多月前，山外的Q军营与R军营发生了战争。Q军营吃了败仗，然后四分五裂了。阿以村庄本隐藏在毛家山背后一百多里外的深山老林里，与Q军营与R军营没有一丝关系。但是，Q军营被打散后，其中一个姓孟的军官带着五十三个残兵败将来到阿以村庄外的一个叫拉拉觉坝的地方。那里山清水秀，风光旖旎，却迎来了无恶不作的姓孟的恶霸。那姓孟的在Q军营里好像是个团长。拉拉觉坝的人，还有拉拉觉坝之外的人，全都称他为孟团长。”

“你说的这个人我没见过，但与我打过仗。”

“你们还是把我扶起来，把火把点起来。”长老跟“眼睛们”说。

两个“眼睛”一下子跑过去扶住了老者，一个“眼睛”蹲下来为老者捆扎断腿，一个“眼睛”跑到近处的一座房子里去，不一会儿就点燃了一支明晃晃的火把走了出来。

长老让所有的“眼睛”把倒下的神树打理好，把被压垮的牛圈理顺开，然后把压死的母牛和牛犊开膛剖腹，把肉一坨坨砍下来，在旁边的空地上烧了一大堆火，把肉块丢在火里面烧熟后就冷水吃。

长老坐在一块草垫上，把两个已经成为人了的“眼睛”当靠背坐着。他叫人分了一块烧肉给夷莎多。

“孩子，刚才你提到为什么不理睬你。孟团长到拉拉觉坝后，有时心情糟糕了，就到附近的村庄里逮几个人来杀，也算是为自己消消气吧！为了不让R军营里的人找到他，他向拉拉觉坝周边的各村庄发出通告，只要有陌生的人来村庄就必须告知于他。可是孩子，你不知道，从山外来的被告知于他的陌生人，男的，没有一个不被活生生杀害的；女的，没有一个不被糟蹋的。唉，我们这些善良的山民啊，良知上真是过不去啊！当村庄里来了陌生人的时候，我们就把他们隐藏好，不告知孟团长。然而，孟团长的消息很灵通。十天前，我们村庄被掳走了十多个年轻的男女，男的当仆，女的当奴，为孟团长无偿地劳动去了。”

夷莎多的心“咯噔”一下，想，看来真的是恩将仇报了。

“看来，我错怪你们了。我是从毛家山背后悬崖下历尽千辛万苦走出来的，目的就是找到孟团长，然后让他血债血偿。”他清了清嗓子，把自己与孟团长的恩怨诉说了一番。

长老叹了一口气：“我叫拉吉老者，是这个村庄的长老。假如真是你自己所说的那样，那么，我们也算是错怪你了！”

当夜，拉吉老者送给了夷莎多一套崭新的衣裳。

第二天，他还没有起来，两个美丽如花的姑娘就守在床前了。两个美丽如花的姑娘对夷莎多说，我们的大英雄呀，长老家已杀好猪，宰好羊，今天准备好好招待你一顿。你就快快起来洗脸洗手吧！

看来，阿以村庄对英雄是百般尊敬的。

夷莎多从床上起来，穿好了厚厚的外衣，整理了凌乱的头帕，然后跟着两个美丽如花的姑娘洗脸去了。

一整天，他都在好酒好肉好言好语的层层包围里度过。

“报仇是一种缘分哪！”拉吉老者万分恳切地说，“阿以村庄的几个老者已经商量了，要用足够的时间来帮你报仇。”

夷莎多在阿以村庄只管吃肉喝酒，从来不问阿以村庄准备怎样帮助自己。他想，既然相信了阿以村庄，既然听从了拉吉老者，那么，只要他们不说，自己就不应该多问。”

当然，如果他们不说，多问自然也是白问。

他在阿以村庄待了五天五夜。

当第六天的太阳摇着红红的脸孔爬上了山头，拉吉老者就说孟团长应该到了。从拉拉觉坝到阿以村庄，骑着快马，也是五天五夜的路程。

这些夷莎多当然不知道。

夷莎多更没想到，其实，拉拉觉坝与阿以村庄是可以隔着无数道山坡遥遥相望的。当阿以村庄燃起篝火，跳起胜利的舞蹈时，拉拉觉坝的孟团长就收到此村庄来了陌生人的信号了。

事情到了这个地步，夷莎多也只能相信拉吉老者说的“报仇是一种缘分”这句话。只要缘分到了，仇自然是不必费好大力气就可以报了的。

他一大早起来就到唤子河边去了。

他找了一块质地良好的磨石“霍霍”地磨那把锋利无比的捡到的

马刀。

“步枪里就只剩一颗子弹，多准备一把刀，就是不能在报仇的节骨眼上打喷嚏。”当他这样想时，阿以村庄上方的沙洪山上牛角号就嘹亮地吹响了。“嘟嘟嘟”的回音，在阿以村庄上空长了翅膀一样来回飞翔。

他看着缓缓流淌的唤子河，听着唤子河最最清纯，发自灵魂的歌声，突然感到全身爬满懒洋洋的虫子。

“我是前世注定的忧伤吧？”他想，“我与仇人马上就可以见面了，可为什么高兴不起来呢？”

他抚摸雪亮的马刀，有一种灵魂走错方向的感觉。

他扛着步枪提着马刀闷闷不乐地上了山。

季节进入了初秋。

初秋季节的沙洪山，树木的叶子黄、绿、红等相加，像准备出嫁的女子华丽的嫁衣，多彩多姿。一阵阵秋风吹过，树叶子发出“沙沙沙”的声音，仿佛一个看破世事的老人在声声叹息。

他爬过沙洪山的顶峰，远远的，看见人群向山的另一边涌动。

他看见了传说中的孟团长。孟团长在传说中多么可怕，如今见了，却似乎平平常常。他甚至怀疑，那是不是传说中的孟团长。

孟团长坐在一匹黑灰色的骏马上，不再穿什么军装。他一撮巴掌大的天菩萨随风飘荡着。他上身穿一件黑色的绸缎上衣，下身穿一件蓝黑相间的大裤脚裤子，外披一件蓝色的披风，一条玛瑙做成的英雄带斜斜地挂在右肩膀上，下方斜挂着一把小巧玲珑的匕首。孟团长并没有穿鞋子，其外貌特征与一个山里日出而作，日落而息的庄稼汉没有两样。如果说孟团长的外部形象有什么特别之处，那就是鼻子下面往上翘的那撮小胡子了。山里人也有留胡子的，但没有一人的胡子是往上翘的。

夷莎多站在视野开阔的一块大石头上，看着孟团长骑着马从曲折的山道上上来，后面跟着五个随从。五个随从也不穿军装。他们可能为了隐藏自己，躲避R军营的追杀。他们一个为孟团长背驳壳枪，一个为孟团长扛轻机枪，一个为孟团长背箭，一个为孟团长背弓，还剩一个人却是背一路上需要的食物和水。

孟团长从曲折的山道上上来，两边是郁郁葱葱的小灌木丛，在一个向阳的山坡上，由拉吉老者带领的阿以村庄的百姓就在那里等待。

阿以村庄不大，但还是有许多人在那里等待。夷莎多感到，他们倒不像是等待一个仇人，而是接待一个恩人般。

他这样想的时候，孟团长与阿以村庄的人在向阳的坡道上相遇了。阿以村庄的百姓在拉吉老者的带领下，用准备好的牛肉、羊肉招待孟团长等一行六人。孟团长与其随从们也似乎受招待习惯了，一下马就手抓各种肉坨，大口大口地狼吞虎咽，似乎九天九夜没有吃饭了般。拉吉老者还指挥村庄里漂亮的姑娘们为孟团长等人倒大碗的酒。孟团长等人也喝得“咕咚咕咚”的，像饥渴难耐的人遇上一汪清泉水般，贪婪，且没有节制。他站在大石头上，心里恶狠狠地想，果然是来迎接的。这阿以村庄，像天上的彩虹，心思的变换交替也太快了，还说什么要帮助我报仇哩，他们见了孟团长，一个个恨不得跪下来为孟团长舔屁股哩。

夷莎多从内心深处对小人们有种咬牙切齿的感觉。

在向阳的坡道上，阿以村庄的人与孟团长们似乎亲人见了亲人般，好不热闹。阿以村庄花一样芳香四溢的姑娘们还为孟团长唱起了迎客歌：

你来的山那边，
孩子们可长高？
老人们可安康？
牛羊们可肥壮？
庄稼地可丰收……

夷莎多从心里想，完了完了，阿以村庄和孟团长，看来看去，不就是一家人吗？阿以村庄和孟团长不是一家人的话，在一起能这样幸福、亲密吗？他想起自己在阿以村庄等了五天，突然“嘿嘿”地笑了起来。

他在笑自己的傻、痴、呆。

他感到自己连石头与草木都不如。有时，石头草木遭遇了危险还会有一些多多少少的反应。

孟团长们与阿以村庄的百姓兴高采烈地吃吃喝喝后，相拥着向斜斜的山路爬上来了。

他从大石头上下来躲藏在一边的灌木丛里。

他想来个突然袭击。

他在灌木丛里听到了这样的搭话：

“那个不知天高地厚的小子，怎么没见着他的人影呢？”一个低沉而充满杀气的声音。

“哈哈，那小子呀，可是个傻得可爱的小子。我们跟他说打算帮他，他就一下子相信了。这辈子还没见过如此轻信的年轻人。也许，这小子真的没走出过大山吧？现在，他肯定还在磨刀。他说他要割下你的人头，就像割下一条狗的头一样。”一位老者的声音。

两个声音之后是马蹄子的“嗒嗒”声。

“我呸！一个小子，还口出狂言，简直是不知死活！”

夷莎多藏在灌木丛里听得满腔怒火。他从灌木丛里突然跳了起来：“孟团长，纳命来！”

孟团长骑在马上，上翘的胡子颤抖了一下。

“我们早就看见你了。哈哈哈……”孟团长说话间，背刀的仆从将一把驳壳枪递到孟团长的眼前。

上午的阳光照在驳壳枪上，发出绿幽幽的光芒。

夷莎多跳过去，重新站在先前的大石头上。

“闲杂人等，快快滚开！我夷莎多只杀孟团长！”

孟团长用舌头舔了一下枪身：“我也是一样的。”

阿以村庄的百姓和孟团长的五个仆从退到了一百米外。

夷莎多先亮出步枪。他仇恨的双腿在微微抖动。他叫孟团长下马，但孟团长不下马。孟团长说，有本事你也骑马。他看看自己，如果有马骑才是有本事，那么，他就是没本事。

“有本事没本事，看枪！”

话音刚落，他就从大石头上飞了过去。

只听“砰“的一声，孟团长身下的黑灰色大马摇了两下，但没有倒下。

“再看刀!”

夷莎多丢掉了没有子弹的步枪，抽出了腰间挂着的马刀。

孟团长身下的黑灰色的马又摇了两下，还是没有倒下。

孟团长“嘿嘿”一笑：“我都看了你一次枪一次刀了，现在，也应该让你看看我的枪了吧？看枪!”

孟团长的话音刚落，枪声来不及响，身下的马就倒了下去。

他定了定神，看到自己的马分裂成了三段。

他上翘的胡子抖了四下，神色微微变动。

他的驳壳枪不知道飞到哪里去了。他举着一把大刀向夷莎多的头顶劈过来。

夷莎多听到大刀向自己砍来的风声，轻轻向后一纵，跳出了一丈开外。这时，孟团长的刀不偏不倚地砍在大石头上，把大石头劈成了两半。

十丈之外，阿以村庄的百姓和五个随从看得目瞪口呆。

“那可是不会说话的石头，石头与你有仇吗?”夷莎多轻蔑地说。

“我孟团长向来想让谁死就可以让谁死，需要什么仇与不仇。我不需要为自己的任何行为找借口。”

“那是因为你没有遇上像我这样的对手!”

话音刚落，夷莎多的马刀与夷莎多的身体融为一体，像一条线向孟团长扫去。

说时迟，那时快，孟团长一个纵跳，跳了两丈高，把刀避开。

夷莎多也跳将起来在空中转了个身，又来一个横扫，向孟团长的腰部砍去。

孟团长的身子像一团羊毛般飘在空中，想借助风力再一个纵身却已不可能。但是，夷莎多的刀又快又狠，眨眼间就要扫至腰前了。他只能像一棵大树一样向后倒去，躲过凶狠的一击。

孟团长落进山路下方的灌木丛里。他在这个世界上消失了一样过了好久，就是不现身。

夷莎多从空中落下，正好落在被劈开的大石头中间。他见孟团长好久没有出来，便搬起被劈开的两块石头向灌木丛中间砸去。他想，如果孟团长躲在灌木丛里面就让石头把他砸个头破血流。

石头砸在灌木丛间，除了树枝断裂的声音，没有什么鬼哭狼嚎。

他想，孟团长肯定是自知不敌，借机逃跑了。

就在他这样想的一瞬间，只闻一声“看刀”，孟团长的刀锋已到胸前。

他想往后退显然已来不及。他只能提刀相迎。只听“当”的一声，电光石火，两个人都被震出丈余开外。

他还没有回过神，一支箭就恶狠狠地向自己的眉心射来了。他来不及多想，脚尖一踮，用嘴咬住致命一箭。然后，他把箭当作佳肴，嚼碎后，吃了下去。

他的举动让孟团长惊呆了。

孟团长没想到这个世界上还有这样不是人的人。他开始心虚了。他想如果夷莎多是不是人的人，那么就是鬼了。唉，如果夷莎多是鬼，自己可怎么能躲过这一劫？

夷莎多吃下箭矢后，孟团长就开始后退，再退，然后往沙洪山拼命逃去。

夷莎多咽下难以下咽的箭矢，来不及前思后想挥刀向孟团长追去。

孟团长似乎专门练过逃跑的功夫，刚开始时与夷莎多的距离是两丈，然后是四丈，再然后是八丈，把夷莎多一步步甩到后面去了。但是，他刚把夷莎多甩了一里远的路程时就夸张地摇了摇手，掉进路中间挖好的一个深坑里去了。

夷莎多的心中欣慰了一下。他与孟团长缩短了一丈距离。孟团长刚从深坑里爬出来，一块圆溜溜的滚石就从山上滚下来了。滚石还似乎长了眼睛般顺着山路向孟团长压来。

夷莎多的心中又欣慰了一下。他与孟团长又缩短了一丈距离。

孟团长纵身一跳，躲进路边一丛荆棘背后，躲过了滚石，又大汗淋淋地向山头逃去。他一边跑一边喊：

“阿叮阿当啊，快用机枪扫射！快拉弓搭箭射这小子的屁股！”

当时，阿以村庄的人和那五个随从已被远远甩在了后面。

孟团长喊出的话还没被风吹到那五个随从的耳朵里，一根五六人围抱的槅木又顺着山路滚下来了。

他的神色慌了。

后面，挥着马刀的夷莎多正一步步追至哩！孟团长感到自己这一生中没有一次像今天这样狼狈过。他跳上空中，而槅木也是有了思想般地一跳，正好把孟团长从空中打落，并把孟团长撞出好远。

他与夷莎多只剩下了一根竹竿的距离。

他的刀也不知丢到哪里去了。他被滚来的槅木击落后，连裤子都来不及提一下又往山上跑。

唉，也是命该如此。他刚把夷莎多又拉远了一丈远，哪知一脚踩在一根用来捕捉野兽的绳套上，只听到“哟”的一声叫，整个人的身子就倒挂起来了。

说时迟，那时快，夷莎多毫不含糊，孟团长刚被吊在空中就“嚓”的一声把孟团长的脑袋活生生砍了下来。鲜红的血液洒了一地。原来，仇人的血，不是黑的，而是红的。

第六章

夷莎多在阿以村庄居住了两年。

他在阿以村庄居住的两年里遇到了美丽多情的沙沙。

其实细细讲来，沙沙的身世与夷莎多有些相像。

沙沙很小的时候，有高大威猛的七个哥哥呵护着。她在家中要什么有什么，从来就没受过一点委屈，什么伤心啦，烦恼啦，无可奈何啦等都与她不沾边。她像麂子生活在大森林里，鱼儿生活在深水潭里，云雀生活在大草原上，无拘无束，自由自在，幸福快乐。

有道是天有不测风云，人有旦夕祸福。一个人活在世上，人前走的看得见，人后来的看不见。沙沙十三岁那年，本是好运叠加的一年。但是，或许好事太多，且来得太突然的缘故吧，不好的事也踩着好事的脚后跟来了。

那年，白雪飘飘的寒冬刚刚结束，明媚的春天刚刚到来，一切好事应该趁着春天的到来尾随而来，一切恶事应该趁着寒冬的结束而挥手告别。可是，不知从什么时候开始，这个世界就颠倒了。虽然眼见的，河水没有倒流，肺叶没沉水底，石磨也没浮出水面。但这个世界上的很多事情就这样不可理喻地颠倒过来了。

当然，这个世界它要颠倒过来，或者颠倒成哪般模样，作为草根一样卑贱的人类，又有什么办法？

事情是从那年春天的第一个大太阳开始的。那天太阳大得惊人，在那块叫尔迪寨堡的深山峡谷里，田野里刚生长出来的嫩草被晒得低下了头，刚回到这片土地上的鸟雀被晒得有气无力。很多人这样说，这好像不是春天，而是夏天了。

七个哥哥到山上去打猎，打到一头怀孕的母鹿，在回来的路上，被滚石砸死三个。尔迪寨堡峡谷里的山民们说，是沙沙一家触犯了神灵，受到了神灵的惩罚了。

沙沙一家欲哭无泪，欲喊无声。在每个伤心绝望的日子里，一家人只得望望天，望望地，望望山，望望水，万般无奈地感叹："天哪！天的眼睛算是瞎了……"

唉，谁知道天会不会真有一双眼睛呢？

如果天没有眼睛，沙沙一家人的感叹，也就只能为了感叹而感叹了。

没有眼睛的天想让它瞎都没有办法。

事实上，沙沙一家想哭，想喊，不管怎样努力，都没有办法让三个死了的儿子回来了。

福无双至，祸不单行。就在这个春天，布谷鸟从很远的山外回来了。沙沙的父亲到山上去背柴，走到半路下起了大雨，在一棵百年老树下躲雨时被山雷活活劈死了。

没多久，沙沙的母亲伤心过度，也跟着自己的三个儿子和丈夫到另一个世界去了。

沙沙与四个哥哥无法抵御轰然而至的痛与伤。四个哥哥两个疯了，披头散发不成模样，还有两个不知什么原因，一个晚上，刚吃了晚饭在床上躺着，就起不来了。

在阿迪拖，沙沙有一个当头人的舅舅。一天，他骑了一匹马，从遥远的阿迪拖启程，爬过九十九道坡，翻过九十九座山，跨过九十九条河，来到了尔迪寨堡，来到那块生长核桃树与风的土地。他把可怜无助的沙沙拥在怀里，然后流着怜悯的泪水安慰道：

"沙沙呀，没了父亲就没了天，没了母亲就没了地。现在，你的天和地都没有了，你相依相偎的七个哥哥也没有了，还是让我把你送到提雷村庄提雷老爷家吧，那样或许还能保你一条性命。"

沙沙遭遇了一系列毫无征兆的打击后，早没了主意，她对舅舅的话唯命是从。沙沙到了提雷村庄提雷老爷家，先前一段时间天天以泪洗面，但后来渐渐地习惯了。

在提雷村庄边上，有一座高大挺拔的山，叫木则伙山，山顶地势开阔平坦，牧草茂密，与浅蓝色的天空手拉手的。

木则伙山，本意为木家牧放牛羊之山。木则伙山上牛羊成群，当然也不全是木家的。木家周围还有阿以村庄、俄库坪等。他们的牛羊有时也赶到木则伙山上来牧放。

沙沙是提雷村庄提雷家的牧羊女，夷莎多是阿以村庄拉吉家的牧羊郎。

他们本一个太阳一个月亮，相识、相知、相爱的机会几乎没有。

因为木则伙山，他们才似乎有神灵的指引般走到了一起。

那是一个思念的夏季。

木则伙山一连下了几场暴雨，把山上生长的草木和杜鹃花打得七零八落，狼狈不堪的。夷莎多十来天没见着沙沙了，一股汹涌的思念把他的大脑冲撞得昏昏沉沉的。

“沙沙也许是生病了，也许是受到提雷老爷的打骂了。”他想。

他从心灵深处感到空虚寂寞。

他不知道自己正被爱情的网网住。

他不知道自己再一次走向爱情。

晨曦从遥远的山脊背后一寸寸往上爬来，一只只滚圆肥壮的绵羊散向牧草深处。

他全身有气无力的，好像是被人抽去了骨头，把两只眼睛睁开或者闭上都是沙沙的身影。

沙沙的声音也在自己的听力之外响着。

他感觉到自己像稻草人，从每根毫毛到每根血管都有些麻木呆傻的。

他开始唱一首关于思念的麻木呆傻的歌：

太阳啊在天空行走，
阳光落下来，

照亮一颗思念的心。
远方，有一棵爱情树，
结满思念的果。
秋天还没到来呢？
可果子已熟落……

他把歌唱完了，但心中的思念并没有被唱完。

他开始想自己的故事，想木则伙山的故事。

两年前，他来到阿以村庄。他在阿以村庄沙洪拉吉两个家族的帮助下杀死了孟团长，为自己报了仇。他砍倒的神树压断了拉吉老者的腿。他亏欠阿以村庄的情太多。反正也一个人，在哪里都一样。他想。他接替了拉吉家一年比一年老去的老牧人尔莫老人。

每天，他把羊群早早吆喝着上了木则伙山。

木则伙山高耸入云的，其上的牧草可以把人和羊群一起淹没。

他站在山顶上，有一种成为神仙，成为天上人的感觉。他突然想唱一首什么歌。可是应该唱一首什么歌呢？他只能幻想着自己唱一首很抒情的歌曲，而实际上找不到什么本质的歌曲。

突然间，他听到了悠扬的口弦弹奏声。

悠扬的口弦弹奏声来自十丈开外的茂密草丛里。口弦的语言在夷莎多的思维间产生的表达是这样的：

阿哥阿哥！
快来快来！
妹妹寂寞，
想诉衷肠，
妹妹孤单，
祈求合欢……

天哪！这可是赤裸裸的挑逗！他想。

这个人百分之百是个情场老手，也不知有多少轻浮的年轻男性败在其石榴裙下了。他又想。

白云在头顶蔚蓝色的天空中成群成群地游荡。有一只山鹰，展开灰黑的翅膀，一悠一荡地转圈。

夷莎多望着似曾相识的雄鹰，突然很想哭。如果说每天看见的太阳是同一个太阳，每月看见的月亮也是同一个月亮，那么，此刻这只山鹰，是不是也曾从夷莎堡经过呢？山鹰它不说话，是否也是像自己在回忆它一样在回忆自己呢？

口弦停止，然后飘来一首歌。一首充满回忆与忧伤的歌。

春天走了，
花儿谢了，
多少美丽童话，
已不复存在了……

父母走了，
幸福没了，
多少甜蜜往事，
变成苦酒了……

这难道就是自己的灵魂在歌唱？他想。

灵魂的声音，怎么会是一位女子甜蜜的声音呢？难道灵魂由美丽女人组成？他继续想。

灵魂的声音继续唱道：

那么就让我的爱恋变成秋风吧？
秋风在东边吹，
秋风在西边吹，
秋风吹走忧伤，

秋风吹来幸福！

那么，就让我的爱恋变成秋阳吧？
秋阳在东边温暖，
秋阳在西边温暖，
秋阳带走寒冷，
秋阳赐予温馨……

在头顶，一朵云变成婀娜多姿的姑娘。

他望着她，而她也用一种温暖的面孔向他俯视。

他想，爱之神向自己走来了！

他看到了一张美丽的面孔，像六月的杜鹃花一样盛开着。或许由于风，杜鹃花还轻轻地晃动。

他动了动嘴唇，杜鹃花就变成了一位貌美无比的姑娘。

他接着眨了眨眼睛，貌美无比的姑娘就开口说话了：

“原来，在木则伙山上，还有一个爱做梦的男孩！”

他一惊，从呆望中惊醒了。他有些不好意思地坐了起来。

夷莎多与沙沙就这样相识了。那年，他二十二岁，沙沙十五岁。他们两个人有一种相互等待很久的感觉。

沙沙嘴角左侧有一块小黑斑，一对漂亮的酒窝写着恋恋不舍。

此刻，夕阳在山顶上渐渐收去。

夷莎多越来越清瘦俊美。他眼窝深陷，两只眼睛炯炯有神。他在沙沙的旁边躺着。他动了动沾满灰尘的身子，似乎没有一丝力气。

沙沙站起身拍了拍衣裙上沾着的尘渣，然后用清脆动听的声音收赶着周围围拢的羊群，像天边的一抹红霞，走向山的另一边。

夷莎多不动，还是躺着。他用一件破旧的毡衣遮住面孔，仰躺着。

周围的羊群“咩咩”地互相呼唤着，似乎也想回家了。

一袋烟工夫前，他们做着相恋的年轻男女间应有的男欢女爱的事。

他们像两只落水的绵羊，使尽所有的力量箍住对方的身子。似乎一松手，对方就变成一只小鸟，飞走了似的。

阳光从西边斜斜地照来。

沙沙的衣裙一件一件地脱了去。

金黄的阳光散在沙沙雪白的胴体上，有点像传说中不穿衣服的美丽女神。

夷莎多的衣裤也一件一件地脱了。

他肌肉结实，肌肤黝黑。

他全身上下散发着力量与勇气的美。

他很兴奋地捧住沙沙坚挺丰满的乳房，有点颤抖，抚摸一阵，然后把脸孔轻轻地贴在上面，很温柔，又抚摸一阵，又把脸孔轻轻地贴在上面。她呢，有时把一双纤纤玉手伸向他的脊背，有时把一双纤纤玉手伸进他的头发，面孔红彤彤的，滚烫烫的，像一朵盛开的杜鹃花，朴素、纯洁、美丽。一阵山风吹来，杜鹃花海泛起涟漪，沙沙的身子抖动了一下。

夷莎多从沙沙的身上倒了下来，软软地躺在一侧，闭了眼睛。

一边，公绵羊在呼唤母绵羊。

阳光投射在两具赤身裸体上，就像某个故事老人讲的故事。

他们静静地躺着，谁也不说话，连呼吸也十分小心。

他们似乎什么都想，又什么都不想。

他们的脸孔上，幸福与忧伤，交替游戏着。

羊群的叫唤声从远处渐渐走近。

山风从不经意的方向一阵阵吹来。

沙沙首先穿好了自己的衣服，然后跪坐着用半旧的木梳梳理凌乱了的乌黑亮丽的秀发。

夷莎多看着沙沙慢条斯理地做完这一切，一阵发呆后，也起身穿起自己的衣裤来。

十多天了，明亮的太阳再一次出来了。

红通通的太阳像一位羞涩的少女，坐在木则伙山以外的另一座山上，矜持而充满期待地东张西望。

木则伙山呢，像一位刚从自己的美梦里醒来的汉子，一脸惆怅与茫然。

美梦里，木则伙山也许见到了它心爱的姑娘，就像每天在木则伙山上放牧的夷莎多，总是在午夜时分见到心爱的沙沙。

在不见沙沙半个多月里，夷莎多觉得自己差不多过了一个世纪。二十二岁的他像八十岁的老人，一声接着一声地叹息。

他感到自己一天天老了。

人老不值钱，人老不值粮。他觉得自己若见不到沙沙，活着差不多也就没有意义了。

他灰心丧气几乎到了极点。

那天，木则伙山上淡淡的雾气渐渐地散去，雄伟壮丽的山的轮廓逐渐明晰起来，就像夷莎多乌云密布的心情，一阵风轻轻地吹过后，逐渐明朗了。

沙沙带着杜鹃花的微笑，幸福而又羞涩地出现在夷莎多面前。

那一刻，夷莎多傻了。

他看着沙沙，不知道该说什么。

沙沙瘦了。

“怎么？半个月没见，你痴呆了？”沙沙亲切地说。

“对，对。没，没有……”夷莎多回过神来，但语无伦次。他没有说这半个月来，自己吃也吃不好，睡也睡不香，心里一直挂念她，担忧她。

“木则伙山上的雾没有了。”沙沙的身子抖了一下，手抬了抬，放下了。她没有说其实自己也一直想念他。

“因为你来了。”他在她的脸上亲了一下，一只手颤抖着爬至她巍巍耸立的胸脯。她的脸红扑扑的，一双眼睛在燃烧。

他们倒在柔软的草甸间，就像倒在母亲的怀抱里，大度，宽容，舒适。

他们倒在阳光下，一个左，一个右，很夸张的“大”字形躺着。

他们两个人的眼睛半睁半闭，与蔚蓝的天空对视着。

他们两个人躺在大地最高的胸脯上，有一种自己就是胸襟坦荡的地母的感觉。

“你说说自己这半个月里的事吧，沙沙。”他想知道沙沙是不是受什么欺负或委屈。

“唔，好吧。”沙沙想了想，叹了一口气。

那天，他们在木则伙山分别。

沙沙赶着羊群，一路匆忙地往提雷家的领地上赶。

她一路赶着，然后下起了蒙蒙细雨。等她把羊群赶到提雷家领地的时候，天已经全黑了，雨在浓浓的云雾里一直不停地下。她感到周围幻影来来去去的，似乎有什么人在周围走动，也似乎地狱的魔鬼赶来捉什么人的魂魄了。她开始有点害怕起来。

提雷家宅院下方的竹棚是沙沙的小屋。

也不知为什么，就是那么四五块地的距离，让沙沙突然间感到危险的来临。

她全身像筛糠般发抖。她的嘴唇变乌，脸害怕得变了形。有那么一瞬间，她感受到了绝望。似乎，她这一生再也看不到明天的太阳了般。然后，她看到一团闪烁不定的火在移动，那可能是鬼火吧，一个鬼打着火把向她走来了，她想，她前面的绵羊，还有她自己，就这样完了。

她感到自己的身子一阵飘浮，就倒了下去，然后什么都不知道了。

后来，就是三四天后的事了。

三四天以来，沙沙一直处在昏睡状态。三四天后，她醒了。当她睁开眼睛的时候，本以为自己到阴间了哩。她看见自己的小竹棚时，还在想，为什么到了阴间了小竹棚还没有离我而去呢？她醒了，但还在梦中行走般痴痴呆呆。她想到了夷莎多。为什么夷莎多没在她身边呢？她想。然后，她想到了自己已经不在人世，就向自己吐口水，就指着自己的鼻子骂怎么可以让夷莎多也与自己一道离开人间呢？她胡思乱想，像一个疯子似的，有时忧愁有时欢乐。

一个人进来了，一团庞大的影子把她的思维罩住。

来人说：“你睡了整整四天了，如果不是还有呼吸，我们可能早就把你抬到山上火葬了。唉，醒来就好，醒来就好。”

由于进来的人身体庞大，把她的小竹棚的光线全挡住了。她没看清来人是谁。她只感到这声音耳熟，好像在什么地方听到过。

来人还是把光线挡住，一动不动：“我以为有提雷家的光辉照着，那些看不见的鬼就不能来欺负你了。”

沙沙想了想，在这个世界上到底还有多少亲人属于自己呢？她一时间思维乱糟糟的，什么也想不出来，且似乎什么也不愿想。

来人向她弯下腰低下头来。

沙沙看到了一张锅盖般黑而宽大的脸。

宽大的脸在她的面孔上方定了定：“看来，你似乎还不是很清醒。你说一说话，随便说几句话，好吗？”

沙沙想点一点头，又摇一摇头。但是，她感到全身乏力，仿佛所有的力气都被什么人拿去了般。她眨了眨眼，也算是回答关心了。

来人弯下腰来后，小木门后面的光线就冲进屋子里来了。

沙沙的眼睛先追随光线游离了一阵，然后慢慢观察起来人，且拾掇起过去的记忆。

来人直截了当地向她说：“沙沙，你难道认不出舅舅来了？你在这个世界上可是还有一个做头人的舅舅哩。”

沙沙眨了眨眼睛。她好像记起来了，在这个世界上，她好像是有个亲人，似乎叫舅舅什么的。

她还没来得及说话，舅舅就抢先说道：“沙沙呀，你不要再眨那个让人无法看懂的眼睛了！我现在是等着你说话，说任何一句无关紧要的话呀！”

一句无关紧要的话？她一时间为难了。虽然她已认出了舅舅，但舅舅叫她说任何一句无关紧要的话。一句无关紧要的话是一句什么样的话呢？她根本想不出。

她认真地审视起自己的舅舅来。

舅舅比四年前胖多了。这说明舅舅做头人的威望是越来越高了。舅舅一脸红润，黝黑的脸膛泛着亮丽的光。舅舅先前那根塌了的鼻梁，似乎也壮实了很多，只是曾经慈祥的那双眼多了点凶光。

他动了动磨盘一样厚实的嘴唇，摇头叹息道：“唉，不可救药！”

此后的日子，沙沙在舅舅的安排下，参加了种种哭笑不得的“婚礼”。首先，舅舅找了个法师为她算了命，然后兴师动众地给她来了一场婚礼。她嫁给了一架不会说话的石磨。他们说，她应该出嫁了。由于还没出嫁，所以生病了。舅舅还说，等她嫁了石磨后，尽早找一个合适的人家嫁了。再说，一个女子，迟早是要出嫁的。她已经不再属于自己。她觉得自己似乎没有了灵魂。她的灵魂到哪里去了？她自己怎么知道。

然而，舅舅的好心似乎没有成功。那些他请人去说的亲事，也就是沙沙要嫁的那些男人，说一个死一个，说了二九一十八个，死了二九一十八个。

“后来呢?”夷莎多着急地看着沙沙的眼睛。

“后来就成为现在的我了。”沙沙嗔笑。她一双含泪的眼带着些许的宽慰。

周围的草尖上，石头上，矮小的树木上，阳光暖暖融融，柔情万般。

两年后，木则伙山被团团乌云笼罩。

夷莎多和沙沙准备了一路的食物，赶着提雷拉吉两家的绵羊，顺着山背后的一条小路，走向远方的远方。

他们准备到一个没有人烟没有鸡鸣犬吠的地方去寻找生命的自由。

沙沙穿上了平生最美丽的衣裳。

他们远走了。

他们离开了木则伙山。

他们一直走，一直走。他们边歇边走，边走边歇。

他们走了一年零九天。他们借助竹筏来到金沙江另一边。他们在金沙江另一边的原始森林里一直走啊走的，来到了阿了山。

他们与三五成群的黑熊生活在了一起。

第七章

张英坐在梦里盯住乌嘎。

她盯了很久，想了很久，说："你是女巫，你想杀死这个世界?!"

"胡说!"乌嘎坐在自己的梦里亮起了巴掌。

她的巴掌在空中停了一下，最后没有落下来。

"没有女巫。"芝栀黎无比妖娆，她坐在自己的梦里不失风骚地白了张英与乌嘎一眼，然后转过头来看了看沙茜。

"我们连自己都毁灭不了。"沙茜超凡脱俗，她回瞟了芝栀黎一眼，说。

她们坐在一场梦里，然后在另一场梦里做梦。

她们从骨子里恨着对方，在自己的另一场梦里戏称对方为女巫。她们在互相戏称中你看看我，我看看你，眼神在对方的灵魂深处游来走去。她们盯着对方的眼睛一直看，好像永远看不够对方的眼睛。

"真看不够?"张英问。

"也不是。"乌嘎回答。

"那还看?"芝栀黎笑了笑。

"主要是没看懂。"沙茜小声地说。

四位女巫的目光在对方美丽绝伦的脸孔上一直扫来扫去。那一刻，一位二十九岁皮肤黝黑的年轻人正走在阿了山九曲九折的山路上。阿了山是他命定的不朽神山。他步履匆匆，疾行如风。

山路两边积雪斑斑点点。年轻人的手上提着一个迷彩挎包，身上没有穿太多的衣服，脚上是一双安踏白色板鞋。他走在弯来绕去的山路上，动作轻盈娴熟，步履快速有力。他一边往大山深处赶，一边哼着一首无头无尾的歌：

横冲直闯的野猪在蕨草深处寻找墓碑，路在自己的心灵间飞翔。山岗的眸子起伏诚实肯干，风向前吹。光线曲曲折折，最初的诺言向上抬腿。善良的梦蒙上一层细白的盐，盐没有嘴巴……

二十九岁的年轻人不是别人。他叫扎尕拉。他就是我。我在赶阿了山夷莎多老人的最后一面。我怕赶不上夷莎多老人的最后一面，在山路上拐来绕去。我仿佛成了自己的山路。我为什么成了自己的山路？我想了想，没有找到答案。

夷莎多是一个一百一十八岁的期颐老人。他已经很老很老，而他的老不像别人年岁越大大脑就越迷糊不清。他的大脑与年岁唱着反调。他的年岁越大大脑就越发清醒，他的记忆在越来越大的年岁深沟里越发敞亮。他坐在我的对面，中间是大山深处长年累月不离不弃的火塘。火塘里的火并不大，半明半暗的。他给我讲起了他自己出生的那天。

他在讲述这些时，一棵老梨树上各种颜色的叶片被瑟瑟的秋风带进了竹笆房，然后静静地躺在竹笆房内狭小的地面上，眼睛一眨一眨的。那叶片像走错了门的懵懂少女，不说话。

我记起了一年半前。

那是七月，夏天正走在一半的路上。

我坐在夕阳的另一只脚里，看着夕阳的另外那只脚。我伸出右手折了一棵罂粟苗在自己的手上摇来晃去。我看见夕阳在罂粟秆的摇来晃去里眯着眼睛。

“为什么眯着眼睛？”我随意问。

“因为你眯着眼睛。”有一个甜甜的声音回答。

罂粟地的另一边，一位二十岁的美丽女子打着一把小花伞走了过来。她戴着一副很潮的太阳镜，穿着一身雪白的衣服。她走在属于我的夕阳里，身姿曼妙，像仙女那般迷人。当然，她肯定不是仙女。她朝我走了过来，然后狠狠地夺下我扯在手中摇来晃去的罂粟秆。

“这是什么?”她问。

“爱!”我说。

“你的爱?”

“也不一定。”

美丽女子把小花伞收了起来。她站在我面前，挡住了大半个本属于我的夕阳。她纤细白净的左手紧攥着罂粟秆，怒目圆睁。

“这一片罂粟地是你种的?”我问。

她没好气地回答：“不是。”

“你家的?”

她点了点头。

这位二十岁的美丽女子叫芝栀黎。她刚从山外S城回来。她在S城学会了大山深处没有的东西。

“种植罂粟是犯法的。”我吓她说。

“知道。”她看了看我，凶暴的态度变平和了些。

她美丽的大眼睛里闪烁着若有还无的爱。她轻轻地叹了一口气，在我身旁一米处找了块石包坐了下来。

“不适应这里的生活了?”我一半关心一半取笑。

“有点。”她有气无力。

她小时候读过书。当时，她可以念报纸。她是阿了山村庄的骄傲。她在阿了山村庄生活了十七年。她是阿了山村庄有史以来的第一枝花，假如一个村庄也需要一枝花的话。

“当然需要。”她说。

她的声音开始变得性感温柔。她迷人的大眼睛在我的脸孔上扫来扫去，她的目光深处有一种夺人魂魄的凄凉与孤独。

“你也孤独?”我问。

“不是一般的。”她有些躲闪。

“那是二般的?”

"也不是。"

"那是什么般的?"

"如果孤独必须是什么般，那就九般吧!"她的双乳高耸，饱满，在自己的呼吸里起伏着生命的爱与悲哀。

"你爱过吧?"我试着问。

"狠狠的。"她回答。

"有多狠?"我好奇起来。

"不一般的狠。"她叹了一口气。

"九般的狠?"我挑衅。

"应该是吧。"她并没有生气。

我的眼睛直直地盯着她无比漂亮的狐狸脸。夕阳下，她的美丽与妖娆有点像一个传说，似乎很远，其实很近。

"没有远与近。"她说。

"嗯。"我点了点头。

夷莎多家在夷莎堡是独一无二的大户。

他的父亲叫夷莎单，是夷莎堡夷莎部族的族长。一个叫阿荞的小丫鬟喜欢牵着他细嫩的小手在屋背后的草坪上逛来逛去。阿荞像一只乖巧的小猫，他叫她做什么，她就做什么。有一次，他想要落在水池里的太阳，她用一根竹竿在水池里捞了一个下午。那是一个模糊的下午，她端着竹竿不幸失足落水差点淹死。那年，她其实只比他大三岁。她是他家长工张虎的女儿。那是一个多么尽职尽责的长工！他的父亲夷莎单时常用最诚恳的话夸奖做什么农活都做到精细完美的张虎。张虎呢，听到夷莎单的赞扬，表面上表现得不以为然，内心深处却开满一百亩属于大山深处的杜鹃花。做人，就应该做到精细完美。张虎在暗地里时常这样想。

那么，就继续说说四个女巫吧。

"你们想死吗?"清纯可爱的张英坐在自己的梦里继续东张西望。

"不想。"美丽性感的乌嘎坐在自己的梦里更显冷漠。

"你也不想?"

"不想。"无比妖娆的芝栀黎咽了一口唾沫。

“没有谁想。”仙女般超凡脱俗的沙茜叹了一口气，最后说。

她们坐在一场梦里，然后又一次在另一场梦里继续做梦。

继续做梦的四个女巫你看看我，我看看你。她们没完没了地互相恨着、看着。

她们研究自己的死。

“还好!”穿着一身红色衣服的女巫无头无尾地说。她为什么说“还好”，其实她自己也不知道。“还好”是一个比“非常好”还好的词。她这样想。无论你遇上什么事，只要说一句“还好”，就不会山穷水尽。当然，假如到了山穷水尽，如果你照样能够说出“还好”，那也是非常不错的。

“那就介绍介绍自己吧!”芝栀黎提议。

四个女巫从左到右一个个介绍了自己。她们的身上分别穿着蓝色、红色、黑色和白色的衣服和裤子。她们分别把自己介绍成了蓝色女巫、红色女巫、黑色女巫和白色女巫。她们中年龄最大的二十二岁，最小的十七岁。其实，她们并不认为自己就是女巫。

我做了一个长长的梦，梦醒了，在中国作家网上就看到一则与梦里差不多的消息——

关于征集××年度中国作家协会少数民族作家
重点作品扶持选题的通知

一、××年度中国作家协会少数民族作家重点作品扶持项目，自本通知发布之日起至1月30日接受申报。

二、凡符合《中国作家协会少数民族作家重点作品扶持工作条例》所列条件的作者，无论是否中国作家协会会员，均可申报。

三、中国作家协会团体会员单位为少数民族作家重点作品扶持项目推荐单位。各地作者应向中国作家协会团体会员单位提出申报，解放军（含武警部队）作者向总政宣传部艺术局提出申报，中直、国直系统作者，直接向少数民族文学发展工程办公室申报。申报者可向上述单位索取申报表格，也可从中国作家网下载。

少数民族文学发展工程办公室同时向部分出版单位、文学期刊定向征集，上述单位在征得作者同意后推荐申报。

四、推荐单位对申报选题进行论证和遴选后，填写推荐意见，报送少数民族文学发展工程办公室。

五、内蒙古、广西、西藏、宁夏、新疆5个自治区，以及重庆、云南、贵州、四川、甘肃、青海等省份，报送选题一般不超过10部。总政宣传部艺术局和延边州，报送选题一般不超过5部。其他团体会员，报送选题一般不超过3部。

六、××年少数民族作家重点作品扶持工作设立以下专项：

1. 反映新时期以来少数民族地区发生的深刻变化，展示改革开放事业的辉煌成就。

2. 反映少数民族在时代变革中的文化传承、灵魂坚守、精神创造。

3. 表现各族人民在建设“美丽中国”进程中的生存状态、生活风貌、生命意象。

4. “理论评论专项”，科学总结建国以来，特别是改革开放以来少数民族文学创作成就，关注当代少数民族优秀作家作品，注重当下少数民族文学创作倾向、理论评论走向的文学理论专著。

作者可依据上述专项申报，也可另行提出选题。

七、申报者应认真填写申报表格，说明创作计划，提供详细的构思大纲和作品部分文本。

八、本项目仅限重点作品创作扶持，优秀作品出版、翻译出版另设扶持专项。

九、不接受征集截止日期之前已出版作品的申报。

十、本项目与中国作家协会重点作品扶持项目不重复申报。

十一、中国作家协会书记处将聘请专家组成少数民族作家重点作品扶持项目论证委员会，对选题价值和申报者完成选题的能力进行综合评估。委员会以投票方式确定重点作品扶持项目，报中国作家协会书记处审批。最终确定的重点作品扶持项目将在《文艺报》和中国作家网公布。

我笑了。

“这是专门为我出的文件!”我暗暗地想。

我整理了一下思绪，在中国作家网上下载了申报表格，在申报表格上填好了申报人、作品类别、作品名称、申报单位。——申报人是我自己，作品类别是长篇小说，作品名称是《阿了》，申报单位是×省作家协会。其实，我就在×省作家协会上班。

我在作品构思大纲里这样写到：扎尕拉是一名工作在省城的青年作家，他就是我。他为了写一部反映川南滇北金沙江边少数民族各部落在解放前后生产生活状态的长篇小说，不远千里来到一处叫阿了山的地方。在阿了山，他认识了……

本来，我并没有抱多少希望。

一个月后，中国作家网上“中国作家协会少数民族作家重点作品扶持项目”评审结果公布出来了，我申报的《阿了》名列其中。

我并没有想象中那么高兴。

“那就去完成吧!”我自顾自地说。

“你就住我家吧!”夷莎多老人跺了跺黏糊在鞋帮子上的雪，说。

他看起来很老很老。

他的很老让我说不出老，那是一种仙风道骨的老。

我以为遇上了神仙。后来我这样想，也这样说。当然，这个世界上没有神仙。我想完了，说完了，一切也就随风飘散了。

我踩着“咯吱咯吱”的积雪来到一座窄小黑暗的竹笆房里。

那是一座属于当地狩猎人暂时寄宿一晚或两晚的竹笆房。夷莎多老人居住在这里，让自己的家成了所有狩猎人或不速之客（比如我）的家。

“这就是你的家?”我第一次看到如此简陋的家，半信半疑。

“可以算是。”夷莎多老人并不懊恼。

“也可以不算是吗?”我反问，语调里带着嘲弄。

“这倒不一定。”

当时正是黄昏，空气比白天更加严寒。夷莎多老人把火塘里壅好的火刨开，然后抱一堆半干的柴禾覆盖在上面。半干的柴禾在冒着一缕一缕的白烟。差不多一袋烟工夫后，小小的竹笆房鼓满了浓浓的黑烟。我来自遥远的省城，没有被大山时常有的浓烟熏呛过，我开始眼泪一把鼻涕一把，继而大声地咳嗽。

“霍——”浓烟滚滚的柴禾就一下子燃烧起来了。火光明亮，竹笆房里滚滚的浓烟正渐渐散去。

我的两个脸颊红通通的。

我深吸了一口气，无比惬意地吐了出去。

“你以为看不到明天的太阳了?”夷莎多老人问。

“嗯。”我狼狈地点头。

夷莎多老人一边跟我搭话一边从角落里抱来一堆洋芋。他把洋芋丢在火塘里烧。

他的幽默是骨子里的。他喜欢把十分平常的事说得十分有趣。

他用自己不老的心态与年纪轻轻的我讨论被誉为罂粟花的女巫。

“罂粟花应该开在梦里吧?”我问。

“这个倒不一定。”

我们一边吃着烧得黄灿灿的洋芋，一边有一句没一句，或不着边际或不得要领地谈论罂粟花与女巫。

我瘦削黝黑的脸孔在火光的掩映下显得更加狭长。

我清澈的目光里火苗在上下蹿动。我似乎什么都想说，又仿佛没信心说。

竹笆房周围的一切静悄悄的，什么声音也没有。应该时不时传来几声野狼的嚎叫。我这样想。在这样一个大雪纷飞的夜，许许多多的野物应该找不到温暖的家。但是，夜已深来找不到自己的深了，我还是没有听到任何野兽的啸叫。

夷莎多理了理一百多年的光阴，开始讲述自己的第一次爱情。

那时，夷莎多十五岁，阿荞十八岁。他喜欢越长越好看的阿荞。一天到晚，他跟在阿荞的屁股后面转。他是阿荞的小陀螺，阿荞叫他做什么，他就做什么。阿荞和夷莎多的主仆关系仿佛颠倒了过来。

阿荞问："你想要我？"

夷莎多回答："差不多。"

阿荞再问："你喜欢我？"

夷莎多轻轻地点了点头。

阿荞最后问："你想对我怎样？"

夷莎多肯定地说："爱。"

那是一个黄昏。

那个黄昏，夷莎老爷和夷莎太太带着张虎走亲戚去了，空气里弥漫着一股黏稠的情思，夷莎多把阿荞留在了自己的房间。他想看看阿荞越发迷人的身子。

阿荞呢，比夷莎多大三岁，本来把夷莎多当作自己的亲弟弟看待的。但是，她从夷莎多的眼睛里看到了超越姐弟的情愫。

夷莎多的眼睛一看到阿荞就会散发出异样的光彩。那是爱；那是生生死死；那是一个人的灵魂被另一个人的灵魂点燃。阿荞这样想。她已经十八岁。她的灵魂也正等待被另一个灵魂点燃。

"你要娶我？"阿荞有点担心。

夷莎多毫不犹豫："娶。"

"还有呢？"

夷莎多想了想，无比小声地说："让你生孩子。"

阿荞好奇起来："怎么生？"

夷莎多回答："摸索着生。"

他把阿荞拉到自己宽大的木床上。他抓住阿荞的手，一双眼睛在阿荞的脸上毕剥燃烧。他的心在"怦怦怦"地跳。他看着越发迷人的阿荞，略显稚嫩的长形脸孔上布满兴奋，又有些不知所措。他知道男的和女的在一起可以生孩子，但不知道怎样生孩子。

他抱住了身姿迷人的阿荞。

阿荞呢，也把自己悄悄隆起的胸脯紧贴在他的胸口上。他的身子在微微颤抖。那是紧张吗？啊，紧张，应该有点。那是激动吗？啊，激动，肯定有的。

“抱够了吗？”

“还没有。”

“哦，那就继续抱。”阿荞让夷莎多继续抱，夷莎多十分听话地继续抱。他们一直抱着，时间在一直抱着里悄然飞逝。

“夜正在深。”阿荞说。

“是的。”夷莎多点头。

“爱也正在深。”阿荞又说。

“是。”夷莎多又点头。

他们互相抱着有一句没一句地说话。他们有一句没一句地说，有一句没一句地答。他们用有一句没一句的说话方式来缓解相互抱着的累。

“我们脱了衣服一起睡吧。”阿荞提议。

“不害羞吗？”夷莎多有点怕。

“不害羞。”阿荞像个大姐姐。

他们放开了对方。他们用充满爱欲的眼神看着对方。他们开始脱自己的衣服。他们脱完了衣服，然后就像两条泥鳅般钻进柔滑的丝绸被子里。

“你的身子好柔软，好细腻，就像丝绸被子。”夷莎多说。

“我就当你的丝绸被子，如何？”阿荞俏皮地说。

夷莎多的声音充满胆怯。他从没有长胡子的嘴巴里吐出一个短促的“好”字，却也抖抖的。他的心跳在一下下震晕自己的大脑。他把手伸了出去。他伸出去的手触摸到了阿荞柔软细腻的肌肤。天哪！这就是所谓的玉体。他轻轻地感叹。阿荞柔软细腻的肌肤在夷莎多的世界里美妙极了，那无以言说的美妙差不多就是传说故事。

夷莎多老人说起那个夜晚，一百多岁的目光充满莫名其妙的迷惘与哀伤。

他得到了阿莽性感美妙的身子，捧住了阿莽青嫩饱满的乳房。

他失去了自己的父亲与母亲。

当然，阿莽也失去了自己唯一的亲人——张虎。

他们双双失去了自己所有的亲人。那不是真的。那一切都像传说。夷莎多的脸孔上交织着一百〇一年前的痛苦。他从一个少爷变成了一个勇士。他带着善解人意的阿莽在夷莎堡组织了以夷莎部族为主的一百三十六人。他变卖了自家的田地和值钱的珍藏品。他用变卖来的钱当作军费，与杀死自己父母和阿莽父亲的郭氏打了八年的冤家。

“当时的每一粒尘埃都是传说故事。”夷莎多老人说。

我一直对夷莎多老人说着“对”，其实也不一定知道什么是“对”。唰唰唰！我从渐显温馨的火塘深处刨出一个被火烧得黄灿灿的洋芋。我右手攥紧一节树枝左手捧着黄灿灿的烧洋芋，动作熟练地刮着洋芋皮。我走了一天的大山雪路，又冷又饿。我吃着夷莎多黄灿灿的烧洋芋，我全身心感到温暖、舒适。我一边吃着烧洋芋一边听夷莎多讲的故事。我的每个脑细胞里都塞满幸福。

“为什么幸福?”一个声音问。

“谁知道。”另一个声音回答。

第八章

天空正在暗黑，我来到了村庄最上方的乌嘎家。

乌嘎家的院门略显羞涩地敞开着。

我压低嗓门喊："在吗?"

乌嘎压低嗓门回答："在。"

"你一个人?"我不放心。

"我一个人。"

乌嘎把我拉进院门："你怎么来了?"

"我不放心你。"

乌嘎："你为什么不放心我?"

"不为什么。"

乌嘎像一头小野兽一下子扎进了我还没有准备好的年轻怀抱。

我后退了两步。

然后，我伸出双手把乌嘎紧紧地搂住。那是竹篱笆围出来的宽敞院子。我们互相紧紧地拥抱着。我们一直抱着。我们想放开对方，却也不知怎样放开对方。我们的"却也不知怎样"让阿了山的天空越来越黑。越来越黑，这不就是爱的世界吗?我这样想，乌嘎也这样想。我们都这样想。

乌嘎二十一岁，没读过一天书，人却长得天仙一般。

她身材高挑，脖子细长，眼睛灵动，翘睫扑闪。

她的美在自己的一言一行间，就像美丽女神甘嫫阿妞。

第一次见到美丽女神乌嘎是两年前。

大雪覆盖着整个世界，我穿着一双防滑的运动鞋从夷莎多老人的竹笆房里出来。

我深一脚浅一脚地走在阿了山村庄极度高寒的路上。

我一直走，也不是为了寻找什么。大雪深处，村庄里的房舍三三两两。有的房舍像一只花喜鹊，有的房舍像一头小黑猪。房舍顶空炊烟袅袅。那一缕一缕的炊烟升入云层敦厚的天空，有种说不出道不明的感动。为什么感动？唉，谁知道哩。也许，一个人活在这个世界上就应该感动感动吧！

我在进入寨子的某个路口遇上了乌嘎。当时，我的眼睛一眨不眨的。我被乌嘎的超凡脱俗震撼住了。我以为自己遇上了这个世界上的白雪公主。我上前一步，把美丽性感的乌嘎挡在路口中间。

“很干净。”我说。

“什么干净？”她不解。

“心。”我说出了“心”，然后摸着自己的心。

那一刻，我的心在“扑通扑通”地跳个不停。

天气那么冷，我的灵魂深处却一直冒汗。为什么一直冒汗？唉，谁知道哩！也许，一个人活在这个世界上就应该冒冒汗吧！

当然，一个人活在这个世界上也不可能只为了冒冒汗的。

“我的心？”她好奇。

“你的心。”我眨了眨眼。

“除了心？”

“灵魂。”

灵魂也有干净与不干净之分？可能有，也可能没有。那么，灵魂的干净与否到底是有，还是没有？其实，我自己也说不清楚。

“除了灵魂呢？”她问。

“眼神。”

“哎哟哟。”

乌嘎水汪汪的大眼睛在我五步远的地方扑闪扑闪。她穿了一身色彩艳丽的属于阿了山的年轻女装。她像一枝开放在冬天原野上的杜鹃花，纯洁，不失清丽与静美。她看着陌生的我，内心深处充满好奇，又有些胆怯。

“我是扎尕拉。”我说。

“我是乌嘎。”

“我是山外人。”我又说。

“我是山里人。”

“我的山外叫省城。”我再说。

“我的山里叫阿了山。”

我把她挡在路口中间。我第一眼就看上了她的美。当然，我的看上，聪明伶俐的她第一眼就看出来了。我们互相看着。我们的互相看里有一种久违的心有灵犀。

“你在学我?”我假装生气。

“没有。”她无比淡定。

我简单地介绍了自己的其他方面。

“原来你会写东西?”

乌嘎对我的写作产生了兴趣。她想知道我可能写些什么。她不可能知道我写些什么。我自己也不一定知道自己写些什么。

“你以前写过什么?”她想了想，问。

“以前?”我不知道自己写过些什么，眼珠子骨碌碌转动几下后，说：“那时候还小。”

“哎哟哟，你呀真逗。”

乌嘎“扑哧”一声笑了出来。她漂亮的脸蛋生出了许多迷人的光。她笑出声后，有一句没一句地向我倾诉了自己的苦闷。

“你要嫁人了?”我问。

乌嘎点了点头：“嗯，对。”

我的眼睛眨巴几下，猜：“嫁舅舅家的儿子?”

乌嘎叹了一口气，说：“是。”

她的声音很小。

我试着问："你不想嫁？"

乌嘎点了点头。

她是乖乖女，不想嫁给舅舅家的儿子，但又不想让自己的父母伤心。她舅舅家的儿子才十二岁，他们的年龄相差八岁。他们是不可能成为一家人的。

我色眯眯地看着她，说："爱情是自由的。"

乌嘎："但婚姻不自由。"

"婚姻有法律保护。"

乌嘎不知道法律。

"法律有用吗？"

"有时有用，有时没用。"

乌嘎原以为我的回答是"法律有用"，但得到的却是"有时有用，有时没用"。唉，有时有用有时没用的法律不就是可能有用可能没有用的吗？！在大山深处，所谓有可能或不可能的法律还不如一句似是而非或轻描淡写的古老谚语。

乌嘎最后还是嫁给了比自己小整整八岁的舅舅家的儿子。

她在舅舅家待了一年半。她和婆婆，也就是舅娘的关系十分僵硬。后来，她实在受不了婆婆的百般刁难就回阿了山了。她回了阿了山，就再也没有回舅舅家。她宁愿死在阿了山也不愿意回舅舅家了。

"最好的法律是种植在灵魂深处的。"她说。

她紧紧地抱住我。她抱着我，就像抱住自己的灵魂。

天色在渐渐隐去的山影里落落大方地来到阿了山。

天色是一只大手，正紧紧地抓住了乌嘎的灵魂，我的灵魂。

我们的灵魂在天色的手里一步步放开了自己。

我们开始不管不顾。

我们抱着对方没完没了地亲嘴、摸胸与搂腰。

"我们回卧室。"乌嘎说。

"好。"我回应。

"我想了。"

“我也想。”

我与乌嘎紧紧地搂抱着互相的身子。搂抱深处，我们的爱欲在波涛汹涌。我们想到了卧室。我们半搂着对方的身子向卧室一步步移去。

“你的父母不会回来吧?”我又担心了。

“不会。”她摸着我。

“万一回来了呢?”

“照旧。”

所谓的照旧，其实就是让我睡在床底下。

相爱半年来，我在床底下睡了六次。

“你越来越厉害了。”她夸我。

“因为爱。”我显得自信。

“越来越爱?”

“对!”

我的“对”字说得刚劲有力。我的“对”字让她那颗无比亮丽的心暖烘烘的，就像刚刚坐在火塘边取了暖站起身来一样。

“我也越来越爱。”

乌嘎的手并不安分。她的玉手在我的身上游来走去。

“你还想?”我问。

“想。”她如实回答。

“咋办?”

“那就给吧。”我并不准备给。

吱嘎。卧室外，乌嘎家的院门响了一声。

啪嗒啪嗒。一前一后，乌嘎的父母双亲回来了。

“你又睡床下吧?”她开始慌。

“好。”我乖乖听了话。

我居住在夷莎多老人的竹笆房里，有时就帮夷莎多老人劈柴、挑水、烧火，有时就写自己的东西。

我从骨子里喜欢上了夷莎多烧的洋芋。

那洋芋黄灿灿的，从中间轻轻掰开，那独一无二的清香味带着一万种有可能的魔性直扑你的嗅觉深处。还没吃到嘴里，那享用美食的快感就已进入到你的骨髓里。坐在温暖的火塘边一边听着夷莎多的故事一边吃着香喷喷的烧洋芋，那样的幸福也许差不多就是活神仙了。

“你继续。”

“什么继续？”

“你的有可能啊！”

“你是说故事？”

夷莎多坐在火塘边慢条斯理、不温不火地抽了一袋叶子烟。那烟斗里冒出来的烟雾在他布满岁月蛛网的脸孔上飘来绕去。他抽完了烟，在火塘边的柴禾里扯了根干树枝把烟斗里的烟丝挑了出来，然后用嘴对着烟杆嘴吹了吹气。他把吹通了气的烟杆放进特制的鹿皮口袋里，然后开始继续讲自己的故事。

那年，他十五岁。他家一直与人为善，不曾有过什么仇人。他的父母从来没想到过有一天会死在仇人的手上。

他们的死状很惨：夷莎单被郭氏杀死后，被挖去了眼睛，割去了鼻子。夷莎太太呢，因为人长得漂亮，被郭氏强按在地上先奸后杀。郭氏杀了夷莎太太后，把夷莎太太的衣服全部脱掉，让她在死后赤裸地面对这个世界。

夷莎多组织了以夷莎家族为主的一百三十六人手持刀枪棍棒夜袭郭氏居住的郭氏梁子。那是一条易守难攻的山梁。夷莎多至今记得清清楚楚，他们刚翻过郭氏梁子右上方的一道叫母猪凼的小山坡就遭遇了铺天盖地而来的山石。他们一百三十六人有七十人受伤。他们连仇人的影子都没看到就损伤了一大半。

夷莎多想了想，没有让自己的队伍继续前行。他叫自己的队伍背着受伤的人员先撤回夷莎堡。

阿养是夷莎多的军师，她建议夷莎多先派人到郭氏梁子进行侦察。

夷莎多派了夷莎家族里勇敢机智、心思缜密的皮亚沙。

皮亚沙二十六岁，他伪装成商人的模样进了郭氏梁子。

他用一张随身携带的白布画下了郭氏梁子前后左右的地形地貌与细小路径。

皮亚沙回到夷莎堡后，夷莎多就组织了第二次夜袭。

这次，夷莎多成功杀死了郭氏老爷和郭氏太太。

郭氏不会善罢甘休。

郭氏老爷有三个儿子。老大叫郭大狼，老二叫郭二狼，老三叫郭三狼。他们长期在昆明城做生意。他们是三匹会说人话的狼。他们听说自己的父母双亲被夷莎多一并杀死了，便从昆明急急忙忙赶回了家。他们回到家后并没有一下子找夷莎多报仇。他们先有条不紊地操办了郭氏老爷和郭氏太太的葬礼。他们操办完郭氏老爷和郭氏太太的葬礼后才策划报仇的事。他们四处招兵买马组织人员，他们把自己积累的钱财全部拿了出来。他们扬言血洗夷莎堡。

夷莎多和阿荞知道郭氏迟早要杀回来。

他们一直准备着怎样让郭氏有去无回。

他们在夷莎堡前后左右的山路上安置了许多机关。那些机关置满锋利无比、抹了剧毒的暗器。郭氏的三个儿子带着队伍还没有走到夷莎堡三十里远的地方就死伤过半。他们并没有放弃报仇。他们兵分三路，从夷莎堡的三个方向向夷莎家族展开进攻。他们虽然在来的路上死伤过半，但组织前来的人员众多。他们的一小半人员比夷莎多组织的所有人员还多，他们有整整三百来人。他们有二十杆来自山外的火药枪。那是三更半夜，他们用二十杆火药枪一次次划亮夷莎堡的天空。夷莎堡的天空明亮耀眼一番之后，留下一声声叹息。唉。唉。夷莎堡叹息什么呢？夷莎堡叹息有用吗？唉。唉。夷莎多和阿荞组织属于自己的队伍占据有利地形一次次反击。

鸡叫五遍时，郭氏三兄弟带来的三百来人只剩下五十人可以打仗了。

郭二狼："天要亮了。"

郭大狼："天亮是迟早的。"

郭三狼："我们咋办？"

郭大狼："继续进攻。"

郭氏老爷的三个儿子，也就是郭大狼、郭二狼和郭三狼，他们长期在外做生意。他们穿着山外大老板特有的绸缎大马褂。他们有很多钱，却不懂得怎样打仗。在黑漆漆的夜里，他们连夷莎多的影子也没见着。他们不停地叫火药枪枪手向夷莎堡开枪。他们似乎只是为了壮壮胆，或者表明自己多么富有。他们的二十杆火药枪在不停地开枪射击中打烂了十九杆。他们打烂了十九杆火药枪连夷莎堡的一只小鸡崽也没打着。

郭三狼："是枪法不好？"

郭二狼："不是，雇来二十位都是赫赫有名的神枪手。"

郭三狼有些怀疑郭大狼花了三百两银子请来的二十位火药枪手。他提着一个做工精致的灯笼，把灯笼里照出来的淡黄色的光撒落在二十位火药枪手的脸孔上。二十位枪手的脸孔一片乌黑，像暗夜里的妖怪。郭三狼的灯笼摇了几下，差点从手中灵性十足地滚落。

郭二狼："喊一喊。"

郭大狼："谁来喊？"

郭二狼："我来。"

郭二狼在夷莎堡的山路上走了一晚上，在自己带领的第二路兵丁后面站了一个晚上。他已十分疲倦。他的睡意在离自己一拃远的距离里起起伏伏。他接二连三地打着哈欠。

一边，郭大狼也一样。他原以为他们三兄弟组织五六百人前来攻打夷莎堡会十分顺利。他没有想到夷莎多的队伍会玩起捉迷藏。他叫自己请来的二十位火药枪枪手不停地打枪，他的目的是把夷莎堡里那些怕死的人吓出堡子来。

夷莎堡里没有怕死的人。他带领的第三路兵丁已死伤两百多人，他不想再进行进攻了。

郭二狼扯开嗓门站在离夷莎堡三里远的地方喊："吔——哦，夷莎多！"

他以为夷莎多会在夷莎堡的某个地方答应一声。

夷莎多没有在夷莎堡的某个地方答应一声。

"夷莎多！夷莎多……"郭二狼继续喊。

他喊出的声音奔跑在黎明前的黑暗里，东倒一下，西歪一下，有些瑟瑟发抖，也有些坚持不懈。

郭三狼：“夷莎堡是个死堡。”

郭大狼：“夷莎多差不多也是个死夷莎。”

郭大狼和郭三狼站在郭二狼的后面。他们的兵分三路已经合成一路，他们合成一路的兵丁其实也就五十人。他们对夷莎堡已不能进攻。他们不能进攻，便想到可以进行谈判。

夷莎多：“你们要谈判？”

郭大狼：“对。”

夷莎多：“为什么谈判？”

郭三狼：“因为天可能要亮了。”

夷莎多在黑暗深处发出了自己的声音。他的声音弥漫在黑暗里，就像黑暗本身，没有边际。他在自己的黑暗里看到了郭氏三兄弟。郭氏三兄弟中郭大狼肥头大耳，有点像郭氏老爷。郭大狼的灯笼带着些许胆怯高举在夷莎堡的黑暗里，有瑟瑟发抖的影子在周围走动。郭三狼与郭大狼并排站着。郭三狼的眼睛里摇晃着绝望。郭二狼站在最前面。他听到夷莎多在属于夷莎堡的黑暗里发出了声音，方正的脸孔有些激动。

郭氏三兄弟请来的二十位火药枪枪手已经离去。他们自己也想离去，但找不到离去的理由。他们想到和平解决离去或不离去的问题。

夷莎多：“你们三兄弟想怎么谈？”

郭三狼：“不用怎么谈。”

夷莎多：“赔钱？”

郭大狼：“嗯。”

夷莎多：“你们赔给我还是我赔给你们？”

郭三狼：“当然是你赔给我们。”

夷莎多：“不赔。”

夷莎多的声音在夷莎堡的四面八方响起。那不是一个人的声音，那是整个以夷莎家族为主的夷莎堡人的声音。夷莎堡人的声音穿着正义的衣裳，用任性反反复复地说出了“不赔”两个字。

郭大狼：“不赔是一件好事。”

夷莎多："好事？"

郭大狼："对，好事。"

郭氏三兄弟看了看身后站着的仅剩五十人的队伍。他们知道自己的父亲郭氏老爷有错在先。当然，郭氏老爷已为自己的有错在先付出了该付出的代价。夷莎多可以赔钱，也可以不赔钱。他们叫夷莎多赔钱，那也只是一种借口。他们打了一晚上的夷莎堡，夷莎堡并不好打，他们想和平解决已成事实的恩怨。

火塘里的火正在小去，我沉浸在夷莎多的故事里。故事穿越了一百〇二年的史尘，眼睁睁或活生生来到阿了山村庄，来到我坐着的夷莎多的竹笆房里。这么一些故事，差不多显得有些冰冷，也有些不合时宜。

"最后你们和平解决了吗？"我问。

夷莎多："没有。"

"郭氏三兄弟就这样走了？"

"也没有。"

他把渐渐小去的火星一点点刨开，然后在火塘边抱了一堆柴禾加了进去。火塘里的火再一次烟雾腾腾。在冒出火焰照亮黑暗世界的烟雾腾腾里，夷莎多继续自己的故事。

夷莎多："你们没有错。"

郭氏三兄弟点了点头。

夷莎多："我也没有错。"

郭大狼："我们都是为了给父母报仇。"

其实在这个世界上，似乎也没有谁对谁错。那些所谓的对与错，有时属于传说，有时属于未来。我们活不到过去，也活不到未来。我们活在现在。现在没有对错，我们没有对错。

夷莎多和郭氏三兄弟谈论起了生命的对与错。生命没有对与错。他们有一下没一下地讨论。他们的讨论其实也没有对错。在没有对错的讨论里，夷莎堡的天空在一寸寸发亮。

那是一个建在半山腰上的堡子。堡子上方靠着一座十六里长五里高的刀劈斧削的悬崖。每天，太阳从东边牟尼山的山头冉冉升起，那万道金光首先要拥抱的就是夷莎堡上方这座光滑亮丽的悬崖。这座悬崖叫花豹岩。花豹岩脚下住着一窝又一窝的花豹。那些花豹，差不多也是成了仙的。夷莎多有时会这样想。这些差不多成了仙的花豹特有灵性。它们与夷莎堡靠得最近，却从来没有咬死咬伤过夷莎堡的一牲一畜。堡子左方与右方下去是万丈深渊。深渊里有看不见的河水滚声如雷。在夜半三更，那“轰隆隆”的惊雷差不多就是魔鬼的呜咽。若一个人孤孤单单迷失在夷莎堡的夜里，平时间再怎样行善积德也可能被吓掉三分魂的。只吓掉三分魂已经很不错了！夷莎多常常这样感叹。堡子下方是一片山坡。那是夷莎堡人的稻田地、苞谷地、苦荞地、洋芋地。那么一片山坡，在夷莎堡的下方扇子形展开自己，用自己的灵性与仁慈喂养了一代代勤劳朴实的夷莎堡人。此刻，郭氏三兄弟就站在这片充满灵性与仁慈的山坡上，与夷莎多讨论生命的对与错。

夷莎多：“你们回去吧！”

郭大狼：“为什么？”

夷莎多：“因为应该回去。”

夷莎堡的天空越来越明亮。郭氏三兄弟站在越来越明亮的夷莎堡的天空下，心里面奔突着莫名的失落。他们本来也想回郭家梁子去。他们想找个回郭家梁子的理由。他们没有找到理由。因为理由，把郭二狼害了。郭大狼后来一次次想。一个人活在这个世界上需要理由吗？有时需要，有时不需要。那一刻，如果郭氏三兄弟带着仅剩的五十人离开夷莎堡，那么后来就不会发生那么多事。当然，有些事也可能是命中注定的。

“我和你一对一决斗。”郭二狼说。

夷莎多：“好吧。”

郭二狼的身体谈不上有多强壮。他头戴丝质的瓜皮帽，身穿深黑的绸缎衣服，外加一条气派的淡红色大马褂。他站在晨风猎猎的山坡上，手中提着一把大朴刀。他用手中的大朴刀在夷莎堡晨风猎猎的山坡上比画了两下。他准备与夷莎多一决生死。

夷莎多其实还是个毛头小子。那是夷莎老爷、夷莎太太与阿荞的父亲张虎被郭氏老爷杀掉的第二年。这一年，夷莎多十六岁。一个十六岁的孩子，其实谈不上有多成熟。他谈不上有多成熟，但并不害怕生死。一个人来到了这个世界，就注定不能活着回去。他看破了生死。他答应了郭二狼的请求。

夷莎堡的夷莎家与郭氏梁子的郭氏并没有什么仇恨。

“那是天的错。”烟雾腾腾的火塘冒出了红彤彤的火焰，夷莎多老人这样说。

在金沙江南岸山地里，夷莎家与郭氏本属赫赫有名的当地大户。他们站在自己的土地上震一震脚，大地差不多也会颤抖三下。

那就让他们相仇吧！有神灵的声音这样说。

那年夏天，天空时不时滂沱大雨，郭氏家一块横躺在山脚下的苞谷地被雨水积成的小洪水冲出了三道深沟。有人看了郭氏老爷家的苞谷地后在郭氏与夷莎家之间挑拨离间，说那是夷莎家施了咒语。郭氏老爷虽半信半疑，但还是派了一个叫展离的仆人来到夷莎家。居住在夷莎堡夷莎大院的夷莎老爷不在家。展离站在夷莎大院院门外一直叫喊，一直没有人答应。莫非夷莎家真做了什么亏心事？他这样想。他揣着自己这样的想法回到郭氏梁子。他把自己这样的想法当作真事报告了郭氏老爷。

“我们无冤无仇，他夷莎家为什么……”郭氏老爷的心中有一万个疑问。他在自己的疑问里走来走去。他在走来走去里种植了郭氏与夷莎家的痛苦与仇恨。

他揣着自己的“痛苦与仇恨”度过三个月。

三个月后，郭氏梁子的夏天变为秋天。郭氏梁子四周的苦荞地迎来前所未有的丰收。郭氏老爷高兴万分。他正打算派展离去喊自家的长工短工前来收割。展离还没有派出去，本来也算晴朗的天空却突然来了一场不可思议的冰雹。冰雹打烂了郭氏梁子四周黑压压的苦荞，打烂了郭氏老爷鸟语花香的梦想。

“我恨啊…………”郭氏老爷在自己的内心深处说。

他在自己的内心深处这样说的时候，挑拨离间者又上门了，说那是夷莎家施了咒。

郭氏老爷：“又施了咒？”

来人："对！又施了咒。"

"这该死的夷莎单，我一定让他偿还自己所做的一切。"

夷莎单是夷莎老爷的名字。当郭氏老爷有这想法的时候，居住在夷莎堡的夷莎老爷却还蒙在鼓里。他的蒙在鼓里葬送了自己的性命，夷莎太太的性命与长工张虎的性命。当然，郭氏老爷也为自己的误解付出了生命的代价。他被夷莎多大卸八块，然后丢弃在郭氏梁子下方一条臭水沟里。郭氏与夷莎家的血海深仇就这样结了下来。

"挑拨离间者是谁？"我问。

夷莎多老人："不知道。"

他陷进深深眼眶去了的眼珠子一闪一闪的。

"你和郭二狼决斗没？"我问。

夷莎多："决斗了的。"

夷莎多的故事在明明灭灭的火塘边断断续续地继续。

他是寂寞的。他看着我兴趣盎然的样子，内心深处漂浮着一串串激动的枝叶。他是真真正正的故事老人。一个真真正正的故事老人需要一个真真正正的故事听众。我就是这个真真正正的故事听众。我将把真真正正的故事老人的故事真真正正地记录下来流传于世。我这样想，也这样做。我第一次来到阿了山，然后不间断一次次来到阿了山，有可能为了阿了山上美丽不可言及的四大女巫，还有就是故事老人夷莎多真真正正的故事。

晨光从牟尼山洒落下来，照在夷莎堡四周起伏不定的山坡上，布成了一道道迷人的彩光。那晨光用自己的洁白与忠贞驱散开夷莎堡一夜的冰寒与深切。那晨光像母亲的手，用自己的宽厚与仁爱一次次抚摸夷莎堡的肉体与灵魂。那晨光站在石包上、草木上、山路边。那晨光用自己特有的眼睛盯着准备决斗的郭二狼和夷莎多。

被盯着的郭二狼一肥二胖，被盯着的夷莎多稚嫩羞怯。

郭二狼使一把明晃晃的大刀，夷莎多使一杆做工精致、锋利无比闪着黑色幽光的长枪。他们站在夷莎堡下方的山坡上。他们的背后站着自己的队伍。他们没有说太多话便展开厮杀。

郭二狼是做生意出身，他不擅于使枪弄棒。他与夷莎多你来我往了半袋烟的工夫就开始气喘吁吁。他手上挥舞的大刀越来越不顺手，他握在右手的大刀砍在了自己的左手掌上。他痛得龇牙咧嘴，痛得找不到恨。

“当当当！”夷莎多十六岁的手臂其实没有多大的力量。他做工精致、锋利无比、闪着黑色幽光的长枪使起来有些力不从心。他一次次进攻，一次次被郭二狼手中的大刀挡开。初冬的早晨有些冰寒，他如雨的汗水却在自己还显稚嫩的脸孔上一颗颗掉落不停。他穿着一身母亲亲手做的传统服装，头顶上留着一撮巴掌大的头发。那撮巴掌大的头发在他与郭二狼的打斗过程中一下又一下地奔跳不停。

“我们休息一下？”郭二狼说。

夷莎多：“不！”

郭二狼：“你不累？”

夷莎多：“累。”

郭二狼：“那为什么不休息？”

夷莎多：“我休息了你不也休息。”

郭二狼：“这个倒是。”

夷莎多：“要不，你休息我不休息？”

郭二狼：“就这样定了！”

郭二狼做生意当老板习惯了，他喜欢说“就这样定了”。他忘记了自己正走在生与死的边上，他忘记了自己与夷莎多是杀父又杀母的仇人，他忘记了自己与夷莎多之间正在展开着生死决斗。在这样一个性命攸关的时刻，他并没有忘记“休息休息”。

他正准备休息，夷莎多一杆锋利无比的长枪便刺了过来。

夷莎多的长枪不偏不移，正刺中了郭二狼脂肪敦厚的胸膛。

长枪从郭二狼脂肪敦厚的胸膛穿进去，直接插进了郭二狼因为气喘吁吁而“怦怦”乱跳的心脏上。

郭二狼一脸惊呆。

他的呼吸深处飘溢出浓烈的血腥味。

他摸着自己被刺中的心脏丢下手中明晃晃的大刀往回跑。

他跑了半里地。

他在离郭大狼和郭三狼十步远的地方倒了下来。

他倒伏在露水未干的山坡上，一边口吐鲜血，一边极力挣扎。

他想爬回自己的大哥与三弟身边。他的身体越来越不听使唤。

他在离郭大狼和郭三狼四步远的地方停止了爬行与挣扎。

“二狼！二狼！”郭大狼和郭三狼跑上前去。

他们把停止了爬行与挣扎的郭二狼紧紧地抱在怀里。他们用尽所有的力气摇晃郭二狼，用尽所有的声音呼喊郭二狼。他们希望郭二狼能够神奇地活回来。

郭二狼并没有神奇地活了回来。

从牟尼山照下来的阳光越来越耀眼，郭大狼和郭三狼带着自己仅剩五十人的队伍，抬着郭二狼的遗体离开了险峻不可形容的夷莎堡。

他们没有大哭大闹，也没有丢下任何誓言。

他们沉默着，在属于一百年前的初冬里。

他们的沉默汹涌在牟尼山上照下来的阳光里。

夷莎多和阿荞带着自己的队伍站在夷莎堡下方的山坡上，想说什么，但也没说什么。他们知道郭氏肯定还会回来复仇。他们与郭氏的仇将会像野火一直蔓延。

夷莎多其实不想杀死郭二狼，但还是杀了。

郭二狼死在夷莎多的枪口下，也许有这么三种可能：第一，郭二狼太累了，他自己倒了下来，然后他的胸口刚好压在夷莎多锋利无比的枪尖上。第二，郭二狼一肥二胖、缺乏身体锻炼，再加上他一晚上没有睡觉，他想睡觉了。第三，郭二狼与夷莎多的决斗无非就是想找个回郭氏梁子的正当的理由或借口，而郭二狼战死在夷莎堡是最好的理由和借口。郭大狼和郭三狼带着郭二狼的遗体回郭氏梁子，带着九死一生的表情与可比天高的仇恨。他们沉默着。一路上没有什么氏族部落来指指点点。多么勇猛仗义的郭氏三兄弟！他们在夷莎堡战败了，但受到一路的赞美与颂扬。

第九章

夷莎堡与郭氏梁子之间的复仇你来我往、从未间断。

在从未间断的复仇中，夷莎堡与郭氏梁子各有优势。

夷莎堡地势险要，易守难攻。夷莎多在从未间断的复仇中学会了复仇。他在属于自己的艰辛岁月里练就了一身好本领。

郭氏梁子位于夷莎堡南面一百八十里处。那里土地肥美，物产丰富。居住在那里的郭大狼与郭三狼腰缠万贯。之前，他们在城里做生意，赚了不少钱。之后，他们继承了郭氏老爷的财产，分割了郭二狼的土地。他们身上的钱财全用来复仇。

那一年，金沙江南岸开满了美丽娇艳的杜鹃花，有一帮自称刀枪不入的男男女女来到了离郭氏梁子不远的马里镇。

他们在马里镇表演各种各样刀枪不入的技法。他们在自己的表演里简直不是人，是神。当天，是农历一月十七，也就是马里镇大闹元宵后的第三天。郭大狼和郭三狼坐在郭氏公馆里商议怎样报仇的事，那个叫展离的仆人从马里镇急匆匆跑了回来。

“大老爷，三老爷，能人来了。”展离气喘吁吁地说。

“哪里来的?”郭大狼问。

展离:“马里镇来的。”

郭三狼:“马里镇?”

展离:“对，马里镇。”

郭大狼:“他们来马里镇干什么?”

展离："表演。"

郭三狼："表演什么?"

展离："刀枪不入。"

郭大狼："刀枪不入?"

展离："是的，我上前试了。"

展离确实上前试了。那是上午，初春的阳光带着自己特有的青涩与害羞斜斜地照在马里镇凹凸不平的街道上。街道中间有一块半亩地大的场子。场子两边摩肩接踵围满了人。

有个声音这样喊报："下面表演节目——刀枪不入。"

观众："刀枪不入?"

马里镇人从来没看到过刀枪不入。他们的眼睛睁得鼓鼓的，他们的嘴巴张得大大的，他们的耳朵伸得长长的。表演还没有开始，他们的神经却首先一寸寸拧紧。仿佛那表演的不是别人，是他们自己般。

"咿——呀!"

那是一个刚二十出头的小伙子。他身体强壮，骨骼清奇。他在自己的腰部缠紧了一条红色的布腰带，然后脱掉上衣光着上身扎马步运气。他把气逼进自己身子的每一个部位。他的左手握成拳头弯曲在自己的腰部，右手亮成手掌在自己的胸前一下一下地往前推。每推一下，他全身上下的肌肉就跟着鼓圆一次。没好一会，他的整个身子就开始大汗淋漓。仿佛，他每推一掌就使出了九牛二虎之力般。他的马步扎得很稳，像一根树桩。他推完了右手掌，然后转换为左手掌。他推左手掌的时候，全身开始冒烟了。那腾腾烟雾在其赤裸的上身一缕缕往上飘，一直飘，然后消失在睁大的眼睛里，张大的嘴巴里，伸长的耳朵里。

"呀——嗨!"那小伙子大喊一声站直了身子。看来，他的运气程序已经完成。他在旁边的道具箱里取出了一把明晃晃的大刀。他手执大刀在马里镇人面前耍了几个高难度的漂亮动作，然后扎好马步把锋利的刀刃压在自己的肚皮上。他的另一个伙伴——一个差不多四十来岁的中年男人手拿一根木棒向刀背狠狠地砸去。咚！咚！木棒毫不留情地击打在压在小伙子肚皮上的大刀刀背上，发出了一阵阵沉闷的声响。神了！马里镇人声声感叹。那简直不是肉体，是铜墙铁壁。当然，围观的人里也有不服的。哪有这样神的？不服的人一边观看一边嘟囔。来，你试试！四十来岁的中年男人把木棒交给了一个三十出头的不服的马里镇壮汉。

“砍死了可不偿命哈。”

“当然。”

“那我就使劲击打了。”

“好！”三十出头的不服的马里镇壮汉拿起木棒使尽力气向刀背砸去。咚！咚！咚……那个二十岁出头的小伙子扎好马步，一下下承受着壮汉手中木棒砸来的阵阵力量。他面不改色。他的肚腹完好无损。天哪！这个世界上原来有这么厉害的人。展离就站在围观者前面。他想了想，也要求上去试试。

郭大狼：“四十来岁的中年男人同意了？”

展离：“同意了。”

郭三狼：“你试的结果……”

展离把自己试的过程与自己在试的过程中所思所想全讲给了郭大狼和郭三狼。郭大狼和郭三狼一边认真地倾听一边不住地点头。那不就是传说中的武术大师吗？他们在自己心灵深处一次次感叹。他们叫展离再去一次马里镇，把那帮表演各种奇术的男男女女请来。

“让他们打夷莎堡？”展离问。

郭大狼：“对。”

郭三狼：“他们会答应吗？”

展离：“有钱就会。”

郭氏请来了那帮男男女女。那帮男男女女有十八个人，其中十个男的，八个女的。那是一帮走南闯北的杂耍艺人。他们的老大就是那位四十岁左右的中年男人。他的名字叫胡哲，河南郑州人。他一听说马里镇不远处郭氏梁子的大户郭氏兄弟有请，便带着自己的杂耍团满心欢喜地赶来了。他们以为郭氏兄弟想看杂耍。

他们一来到郭氏公馆，郭大狼和郭三狼就说明了用意。

胡哲：“打夷莎堡？”

他们没有想到郭氏请他们来是为了打夷莎堡的。

郭大狼："嗯。"

胡哲："我们是杂耍，不准备打打杀杀。"

郭三狼："知道。"

郭大狼看了看木板凳上坐着的胡哲。胡哲的身材并不魁梧，一张坚毅的脸上闪现出精明的光。

他身后站着属于自己的杂耍团。这帮杂耍团模样普通，却各有本领。他们常年在外奔波，各种场面见过不少。他们一直等待着郭氏两兄弟下面的话。

"开个价吧!"郭大狼说。

胡哲："十万。"

郭三狼："大洋吗?"

胡哲："嗯。"

郭大狼："太多了。"

胡哲："没有。"

胡哲一开口就要十万大洋。当时，十万大洋可以直接买下马里镇。他希望郭氏两兄弟被十万大洋吓退。

郭大狼和郭三狼抿紧嘴唇想了想，最后爽快地答应了下来。

他们不仅答应下来，还叫人把十万大洋装在木箱里抬到郭氏公馆大厅里来。

他们指着装在木箱里的十万大洋，说："现在就等你们把夷莎多的头取来了。"

胡哲和杂耍艺人们没想到郭氏两兄弟那么富有那么大方。

那闪闪发光的十万大洋装在十个大木箱里照亮了郭氏公馆大半个大厅，照亮了胡哲和杂耍艺人们的眼睛。他们从来没看到过那么多大洋一整箱一整箱地装在一起。他们用生命深处的眼睛一眨不眨地盯着大洋。大洋在他们生命深处的眼眸子里跳着欢快的舞。他们的心"怦怦"直跳。他们在自己的想象里成了前所未有的富翁。

"他们没取走大洋吧?"我问。

夷莎多老人："看看。"

他深邃的眼睛在皱纹深处神秘一笑，然后用枯枝般的老手指了指自己的头颅。

我点了点头："是的，还在。"

那是一年前深秋的午后，世界所有的金黄的叶片在纷纷扬扬。我和夷莎多老人斜躺在一堆乱石边上，斜躺在一簇生命的枝蔓中间。我们的屁股下垫着一件老旧的羊皮袄。我们从故事讲到了生命。然后，我们又从生命讲到故事。

"胡哲他们是怎么死的？"我问。

"被雷劈死的。"

"那么玄乎？"

"也不是玄乎。"

夕阳从遥远的狄梓山斜照下来，落在乱石堆边，落在老旧的羊皮袄上，有一种前世的凄凉。

胡哲与自己的杂耍艺人在郭氏梁子准备了三个月。

他们从九十九年前的春天准备到夏天。他们让杂耍队伍里的八位女子换装成生意人到夷莎堡探路，他们用大洋收买了夷莎堡一位叫安梓的单身汉。他们从八位女子那里掌握了夷莎堡所有的地形地貌，他们从安梓那里掌握了夷莎堡的底细。他们对夷莎堡了如指掌。兵法云：知己知彼，百战百胜。胡哲他们暗杀夷莎多的时机已渐渐成熟。

郭大狼："有多少把握？"

胡哲："九成。"

郭三狼："不行。"

胡哲："需要百分之百吗？"

郭大狼："对！不能再失手了。"

郭氏两兄弟用细小的眼睛看了看前来报告暗杀夷莎堡夷莎多准备事宜的胡哲。他们的看了看里隐藏着莫名的担忧。

胡哲也看了看郭氏两兄弟细小的眼睛，然后点头答应。

他动用了自己所有的精明手段。

他把夷莎堡夷莎多的所有生活作息时间，比如多久吃饭多久出门多久屙屎多久屙尿多久与阿荠亲热等全掌握在心中。

然后，他选择好了吉日。

那是九十九年前的一个仲夏夜。

那个夜晚月黑风高，山风一直呼啸。

在呼啸的山风里，胡哲带着杂耍艺人们向夷莎堡延伸而去的蜿蜒曲折的山路摸去。由于准备充分，他们行走在延伸向夷莎堡的夜路来根本不费力气。他们用了小半夜的工夫就到了夷莎堡。他们从夷莎堡下方斜躺的山坡摸了上去。他们没有急于动手，他们在夷莎大院周围埋伏了下来。

夷莎多在夷莎堡夷莎大院自己的大卧室里打着酣畅淋漓的呼噜。他一直深睡。一袋烟工夫后，他被一个似曾相识的噩梦惊醒。

他在自己的噩梦里看见了一大群张牙舞爪的豺狼。那一大群张牙舞爪的豺狼全都会说人话。“你把自己的头颅拧下来送给我们。”豺狼们包围在夷莎多的周围。它们用绿色的眼睛把夷莎多直直地盯着。它们的直盯里有祈求，有锲而不舍。“这是什么话!”夷莎多回答。他孤身一人，心里面有些着急。这么多豺狼，硬拼肯定是拼不过的。他在自己的心里面暗想。

“你们不是有自己的头颅吗?”夷莎多看了看豺狼们，然后说。

“我们的头颅不算头颅。”豺狼们面无表情。

“哦，那算什么?”夷莎多追问。

“什么都不算。”他们僵持着。

那是一片一望无边的原始大森林，周围空荡荡的，连个可以呼救的人也没有。

“要打雷了!”夷莎多无话找话。

豺狼们没有说话，它们向夷莎多扑了过来。夷莎多挥舞手中的长枪抵御豺狼们的攻击。豺狼们凶猛异常，它们一个个视死如归，它们根本不把夷莎多的长枪放在眼里，它们动作敏捷，扑向准确。

夷莎多被豺狼们包围在中间。

他手忙脚乱，原本熟练无比的枪法渐渐没了章法。

他越来越没有力气，越来越绝望。

他闻到了死亡的气息，看到了死神的面孔。

他准备放弃自己。

他把一直挥舞的长枪停了下来。

“别慌，还有我。”这时，遥远的天边飞来了一只磐石般大小的黑雕。

黑雕“嘶嘶嘶”地悲鸣着直接扑向攻击夷莎多的豺狼们。

豺狼们被黑雕的大翅膀一扇，全消失得无影无踪。

“啊！雕神。”夷莎多惊呆了。

黑雕的两只眼睛火苗蹿腾。它的翅膀张开起来差不多一丈多长，它的整个身影遮盖了大半个天空。

夷莎多惊呆了，黑雕却张开长长的翅膀飞走了。

他一路跟着黑雕。

他跟着跟着，然后看见黑雕变成了一座悬崖。

“哦，原来你就是黑雕崖。”夷莎多说。

在夷莎堡左上方的深深峡谷里，有一座黑灰色的悬崖，形似大雕，夷莎堡的人都叫它黑雕崖。黑雕崖原来是夷莎多的保护神。

夷莎多从噩梦中惊醒了过来。

他听到了“轰隆隆”的打雷声。

雷声过后，大雨“哗啦啦”下来了。

“雷这么狂，雨这么大，不会有什么郭氏来寻仇了的。”他想。他本想出去走走看看，但没有出去走走看看。

他幸亏没出去走走看看，胡哲他们就埋伏在夷莎大院四周。他们只等夷莎多走出夷莎大院。

胡哲他们被暴雨淋得全身湿透，在夷莎大院四周一次次打着寒战。

他们撤到一棵百年老树下。他们在百年老树下等待暴雨一点点停下来。暴雨没有一点点停下来，暴雨与雷电相互缠绵，暴雨与雷电一阵阵抖擞出自己的威风。暴雨与雷电像一对恋人，也像一对仇人，它们你不让我，我不让你。它们互相撕扯，也互相亲吻。咣啦啦！哗啦啦！轰隆隆！毕毕剥！那一刻，天与地连在了一起。一团巨大的天雷击向了百年老树。

天哪！百年老树一瞬间倒了下来。

百年老树压死了胡哲他们。

“不可能全部被压死吧？”我问。

夷莎多：“当然。”

“没被压死的那些呢？”

“被雷公打死了。”

阿了村小坐落在阿了山村庄右下方一块凸出来的山脊上，前后左右两百米处没有人家。

我坐在阿了村小沙茜的卧室里。

我的眼睛在闪着幽亮的情光。

我抱着沙茜递过来的玻璃杯子一直喝白开水。

我喝干了沙茜递过来的玻璃杯里所有的白开水。

我已经没有了白开水可喝，但还是一直在喝。

“你在喝杯子吗？”沙茜说。

我回答：“没有。”

“杯子里的水喝干了。”

“那就加点来。”

“不加了。”

沙茜二十一岁。一年前，她从上海复旦大学汉语言文学专业本科毕业。她是上海复旦大学汉语言文学系有名的校花。她不仅人长得漂亮，而且很有才华。

她从上海复旦大学汉语言文学系毕业后参加了×省事业单位教师岗位招考。本来，她在×省城可以任选一所条件优越的学校。但是，她没有。她选择了偏远得像个传说故事的阿了村小。

她没吃过什么苦，但不怕吃苦。

她带着生命原初的梦从成都坐了一天的班车，中途还换了两次货车，然后徒步旅行四天走到了离蓝天最近离城市最远的阿了山村庄。

之前，阿了村小有过一名从山下嘎拖村庄来的初中毕业的代课教师。

代课教师的工资太低了！那代课教师叫格其。他在阿了村小代了十三年的课。他代了十三年的课的最高成就是让阿了山村庄长得水灵灵的三个女生读到了初中。这已经是天大的成就了。两年前，他跟着村庄里经常在山外混，而且传说混得还不错的四位年轻小伙到山外去了。

他走了后，阿了村小就没有教师了。

没有教师的阿了村小便不再是村小。一度，阿了村小成了阿了山村庄的公共牛棚或羊棚。那里读书读到小学三年级的十二位学生直接回家放牛放羊。

沙茜来了。

她找回了先前读到小学三年级的十二位学生。阿了山村庄的男女老少一提到她就不由自主地竖起大拇指："见过大世面的。"

沙茜和我是一年前相识的。

那是我第三次来到阿了山村庄。沙茜在阿了村小不远处一块地势平缓的山坡上教阿了村小仅有的十二位学生学新疆舞蹈。那是五月中旬，灿烂的阳光从狄梓山斜照下来，一片片落在地势平缓的山坡上，落在属于沙茜的翩翩舞姿上，落在动作有些生疏的十二位学生身上，有一种童话的美。

我从阿了山村庄上方优哉游哉地下来。

我看到了沙茜。

"美呆了！"我感叹。

我瘦高的个子，黝黑的肌肤。我的两只眼睛在沙茜流动起伏的身子上扑闪不停。

地势平缓的山坡上长满茂密的青草，初夏的阳光在青草上面走来走去。我就像一束阳光。我从地势平缓的山坡上走下来。我的下来让沙茜和十二位正在学跳新疆舞的学生停了下来。

我傻傻地望着美若天仙的沙茜。我的眼睛一眨不眨的。我的灵魂在沙茜的美貌深处晃晃悠悠。唉，有这样一个女朋友就好了！我在自己的内心深处叹息。在人类有可能的爱情童话里，我算不上什么好人。我在自己的世界里一直爱，一直想爱，——想更多的爱。我一直爱，一直获得。有时，我看见爱，在苦荞地边，或打谷场上。我招了招手，爱就自己走了过来。有时，爱自己没有走过来，我便自己走过去。我走过去，爱却也没躲。爱站在属于爱的树桩上，有点羞涩，有点隐盼。我轻轻地伸出了手，然后拨动了爱的旋律。

沙茜和我认识了。

在那个阳光明媚的上午，我们坐在阿了村小背后一片杂木林里，把自己所有的情感与抱负全盘托给对方。我们时不时回忆童年的美好，然后悄悄展望未来。我们你看看我，我看看你。我们的互相看里充满了心有灵犀。唉，早点认识，那该多好！当时，我与乌嘎已有地下恋情。我与乌嘎的恋情就像黑夜，不能见光。黑夜见了光便不再是黑夜。我和乌嘎的恋情见了光也不再是恋情。我静静地看着沙茜白皙俊美的脸，目光深处有些许的躲闪与迟疑。

我上前两步握住了沙茜的手。我一边握住沙茜的手一边寻找沙茜左躲右闪的眼睛。那是一双属于阿了山上宁静的山湖的眼睛。那双眼睛里奔跑着活泼可爱的野兔，那野兔东蹦一下，西蹿一下的。那野兔把我有可能的宁静吞噬得无影无踪。

……

沙茜："好痛！"

"哪里痛？"我问。

沙茜："下面痛。"

我："谁下面痛？"

沙茜："我下面痛。"

我："流血了吗？"

沙茜："流血了的。"

我："我看看？"

沙茜："不看。"

沙茜第一次知道了男女之间的爱。她奉献了自己，她得到了不确定的伤痛。

第十章

夷莎多老人的身体一天不如一天。

“是时候了。”他时不时呢喃。

他斜躺在乱石堆边焦黄的羊皮袄上用一双苍老的手装好了一袋兰花烟，他一次次说起了自己应该回归祖地的事。他深陷皱纹密布的眼眶背后的一双淡黑色的眼睛有些许的迷惘。

阿了山村庄周围，那些墨绿色的树木叶片一天天金黄了。那金黄的叶片在树的身上随着瑟瑟寒风一直摇摆，再摇摆，然后一悠一荡地飘下大地。那是爱的轮回。夷莎多看了看头顶上浅蓝色的天空，推了推躺在身边假寐的我。

我说：“云。”

“浮云。”夷莎多老人补充。

“就像人生。”我点了点头，说。

夷莎多老人深深地吸了一口烟，然后慢悠悠地吐了出去。那吐出去的烟雾缥缥缈缈，缠缠绕绕，从他瘦骨嶙峋的胸肌开始，往干瘪枯黑的下巴，往皱纹密布的老脸，往深陷脑后的眼睛等一缕缕飘升，然后往颅顶的天空慢慢扩散、慢慢淡薄，就像一百年的时光。

“那是虚构的时光。”我说。

“对。”夷莎多回答“对”字不需要经过思考。他随时可以对，也随时可以错。他的错与对之间似乎没有一条红线、黄线或白线。那线没有颜色，没有骨头，没有路，没有钢针。那线有九个小结，三个大结。那也是人生。

人生有时就像各种色彩的气球，用打气筒打满各种物质分子杂糅的空气，拴紧不大不小的打气口，然后在操场或原野随手一放。在蔚蓝的天空中，有阳光，也有乌云。各种颜色的气球飘浮在阳光与乌云之间，有慎重，有不安，有九千个失落，有九百个牵强。

人生有时就像海底里的宝石，睁大双眼等待千年后，在前面铺展开来的，其实还是千年。一个千年生两个千年，两个千年生三个千年，三个千年生无数个千年。千年与千年之间紧密相扣、步步为营。宝石在海底里做梦，然后梦见了属于自己的阳光、雨露、青草、森林、山脉等。有一回，它梦见了一位高贵华雅的美丽女人。那位美丽女人的手轻轻地捧着它，美丽的大眼睛里喷射出无比激动与极度讶异的光。那位美丽女人白嫩细长的手一下下地抚摸在它的身上，温暖、体贴、爱、尊重、路等全体现了出来。这才是我应有的待遇。宝石做了无数个千年的梦，然后，宝石继续在海底里。宝石不知道这个世界上没有应有的待遇。所谓应有的待遇，那是被狗咬的，被猪拱的，被鹰啄的，被牛顶的……一切存在或不存在的泡沫组成的物象或象物。当然，我们也可以这样说，所谓的宝石，其实这个世界上没有宝石。

芝栀黎坐在我右侧一米处的石包上把玩着自己的手机。那是一款刚生产出来不久的 iPhone 6 Plus，屏幕大，抓握感好，不滑手，机身按键到位。iPhone 6 Plus 拍摄效果非常好，在较强光条件下开 HDR 逆光拍摄，也能清楚拍摄到物品。iPhone 6 Plus 在市场上价格为六千块以上。芝栀黎把玩着属于自己的 iPhone 6 Plus，一脸的伤感。

“我应该回去了。”芝栀黎说。

我问：“回哪里去？”

“该去的。”

“你想念 S 城？”

“没有。”

芝栀黎在 S 城混了三年。她从一只大山孔雀混成了城市女巫。她从自己坐着的石包上站了起来，用女巫特有的媚眼瞟了我一下。

“你为什么还不嫁人?”我再问。

芝栀黎:“嫁谁?”

我:“比如……”

芝栀黎:“没有比如。”

我:“那就……”

芝栀黎:“没有那就。”

她站在我面前把我的每一句话都堵了个没有去路也没有来路。唉,S城,S城,那是一个什么样的地方呢?我连连感叹。我来自省城,本不算孤陋寡闻。但是,我看不懂S城,就像不了解身姿曼妙,仙女般迷人的芝栀黎。

“嫁你你要吗?”芝栀黎说。

“我要。”

芝栀黎向我走了两步。她把自己曼妙迷人的身姿毫不保留地送至我的眼前。我只要伸出手去就可以抱住芝栀黎曼妙迷人的身姿。这样曼妙迷人的身姿,其实也正是我一直想要的。

“还是算了吧?”芝栀黎说。

我:“为什么?”

芝栀黎:“你不敢。”

芝栀黎一眼就看出了我的心思。我不是坏人,但也不是好人。我可能想要她的身子,但不一定想娶她为妻。像我这样的男人芝栀黎在S城见过成千上万。一句话,芝栀黎不缺我这样的男人。

我从自己坐着的土埂上站了起来。

我握住了芝栀黎的手在自己的空间里“咚咚咚”地敲打生命的鼓。那是一个灵魂被关在另一个灵魂的笼子里的鼓。这样的鼓与生俱来、不离不弃、欲迎还拒。我握住了芝栀黎的手,然后把自己生命的鼓一寸寸往芝栀黎的怀抱里送。

我抱住了芝栀黎曼妙迷人的身姿。

芝栀黎曼妙迷人的身姿,映照了大山深处草木葱茏的斜坡。

我伫立在草木葱茏的斜坡的另一边,仿佛什么都想。

夕阳带着血红的节奏往阿了山顶慢慢挪移，一阵阵山风从西南方向一缕缕吹来，生长在山路两边的矮灌木似乎无比亲近，其实还是保持了属于自己的应有的距离。芝栀黎在草木葱茏的斜坡上无比大方地奉献了自己。

夷莎多继续讲自己的故事。从夏天到秋天，夷莎多讲了整整两个季节的故事。两个季节的故事横拉起来有一万五千米，折叠起来有三百六十五个立方。两个季节的故事你抓住我的左手，我抓住你的右手，一排排走进阿了山的心上。两个季节的故事吹着口哨，挥舞刀枪，在阿了山之外的大山深处走走停停，停停走走。两个季节的故事穿着厚厚的羊毛披毡，蹲在落满积雪的瓦板房前，有时随意哼两句随便什么歌，有时就那么蹲着，像一座小小的雕塑，连出气吸气也小心翼翼。

火塘里的火幽暗一阵后，又重新明亮起来。

那是公元一九一五年。

胡哲他们潜入夷莎堡暗杀夷莎多和阿荞没有成功反被夷莎堡的雷公打死，郭氏梁子的郭大狼和郭三狼没有放弃复仇。他们到处招兵买马，花了三千两白银请来了驻扎在马里镇五百里外的一位连长。

那位连长姓仇名方，祖籍河北。传说他年少时家境贫寒，时常受到当地土豪劣绅们的欺辱。他在土豪劣绅们的欺辱中一天天长大，长大后无师自通地练就了一身本事。他练就一身本事后独自一人跑到边陲之地云南当兵。他有勇有谋、智勇双全。他当了四年的普通兵，然后就被提升为连长。他是Q军营里大名鼎鼎的仇连长。他体形硕大，牛眼马脸。他的马脸上生有一卡长的络腮胡，肩膀上斜挎了一支带木盒子的一拃长的二十响驳壳枪。

郭大狼和郭三狼派人到马里镇五百里外的Q军营请来了仇方，把仇方当作了祖宗。他们对仇方不敢一丝怠慢。

“白银准备好了？”仇方搭着两条腿坐在郭氏公馆大堂上方的高位上一边呷茶一边斜着牛眼问。

“好了，好了。”郭氏两兄弟穿着长衣长袍站在高位下方一副卑躬屈膝的模样。

他们向堂屋大门外轻轻地挥了挥手，六大箱白花花的白银就由十二位家仆“嘿哟嘿哟”地抬着从堂屋大门里进得屋来。

仇方：“就这些？”

郭三狼：“就这些。”

仇方：“有三千两？”

郭大狼：“没有。”

仇方：“有多少？”

郭三狼：“一千五百两。”

仇方：“另一半呢？”

郭大狼：“在来的路上。”

郭氏两兄弟看似卑躬屈膝，实则有自己的小算盘。他们知道马脸上生有一拃长络腮胡的仇方连长。仇方连长在Q军营是以阴险毒辣出名，郭氏两兄弟不可能把三千两白银一次性奉上。他们看了看仇方连长的马脸，然后进一步解释说：“最近在昆明做了一单生意，本来在家里存放的一大笔白银全压在了那里。”

“唔，好吧！”仇方连长长得五大三粗，牛眼马脸，但没有想象中那么斤斤计较，“我们准备明天进发夷莎堡。”

“不看看黄道吉日？”郭三狼有点担心。

“不看。”仇方摸了摸自己马脸上的络腮胡子，他马脸上全是一鼓一鼓的骄傲，“最好的黄道吉日就是不看黄道吉日。”

郭大狼和郭三狼十分安静地站在高座下方。他们的手脚在微微颤抖。他们微微颤抖的手脚双双跪坐在仇方面前表示了由衷的感谢。

那是初秋，茫茫秋雾在郭氏梁子周围成片倒伏的燕麦地里亲亲我我，你摇过来我晃过去。秋雾是有灵的。秋雾的眼睛在现实深处。

仇方连长带上自己荷枪实弹的一百二十人来到郭氏梁子。他们在郭氏梁子大鱼大肉一大半夜后，带着三千两白银的决心往夷莎堡进发了。他们的动作快速敏捷。

他们行走在从郭氏梁子到夷莎堡的属于后半夜的崎岖不平的山路上，一排排队伍你跟着我我跟着你。他们的动作整齐有序，他们的行走无声无息。他们手中拿的武器全是新崭崭的汉阳造88式步枪。

他们离夷莎堡越来越近了。

夷莎多一直睡觉，一直睡不着。

他像一条离开海水的鱼。他一直在宽大的木床上翻来覆去。可能是想女人了吧？他这样想。他裸着上身一步步摸到阿荞的卧室里。他在阿荞的卧室里找到了阿荞的床。他在阿荞的床上找到了阿荞的人。

他在阿荞性感迷人的身子上摸来摸去。

他的小兄弟开始抬头摆尾。

阿荞闭着迷人的眼，长长的眼睫毛把薄如蝉翼的下眼睑覆盖住。她呼吸均匀，睡相甜美。她的身上穿着一套洁白如雪的内衣内裙。她一对饱满的双乳在屈成一团的肘弯间藏着。

“亲爱的，你在做什么呢?”阿荞在夷莎多的摸来摸去里半睡半醒。半睡半醒的阿荞翻过身来抱住了斜躺在自己身边想入非非的夷莎多。

“也不想做什么。”夷莎多看着半睡半醒的阿荞有些于心不忍。

“想做什么就大大方方做吧!”阿荞纤细的手顺着夷莎多壮实的腰身一寸寸往下探，然后握住了夷莎多坚硬如铁的小兄弟。

“啊！真舒服。”夷莎多深吸了一口气，然后呼了出去。他一边抱住阿荞性感迷人的身子一边脱掉阿荞洁白如雪的内衣内裤。他脱掉了阿荞洁白如雪的内衣内裤，然后翻身上来压在了阿荞的身子上。

他们开始做爱。

他们变成了一只只矫健的山鹰。他们在峰峦起伏的大山深处盘旋。那是瀑布，那是温泉，那是娇嫩的三叶草，那是一望无际的森林，那是岩石，那是蕨草，那是竹林，那是野鸡，那是兔子，那是白云，那是三只脚的鹿，那是野猪，那是山湖，那是没有尾巴的羚羊，那是虎，那是豹，那是缠缠绵绵的藤，那是无耻的松鼠，那是蚂蟥，那是“嘤嘤嗡嗡”的蜜蜂，那是蝴蝶，那是盛开的杜鹃，那是母亲的手，那是枯草尖上的蛇……

天哪！他们气喘吁吁。

他们从天上掉落到地上。

他们的眼睛深处行走出密密麻麻的死亡与新生。

夷莎多从阿荞的卧室里回到属于自己的大木床上。

他在属于自己的大木床上翻来覆去。他还是失眠。唉，怪了！他在思考。那么大半夜了为什么还睡不着？他一边思考一边从自己睡着的大木床上坐起来，然后套了一件平时间经常穿在身上的黑色大衣走了出去。他在夷莎大院门口站了一小会儿，然后折回夷莎大院。

他在夷莎大院里走来走去。

他一边走来走去一边自问自答。那是一个奇特的三更半夜。夷莎堡的天上没有一丝风，没有一缕云，没有一节可能的失落与一寸可能被遗忘的孤单。夷莎多在夷莎大院里走着，一直走着。然后，他看见了自己的父亲。唉，一年了。夷莎单没有在一年的时间里渐渐老去。他穿着一件天蓝色的多褶羊毛毡一步步走向站在夷莎大院右侧的夷莎多。他在夷莎多前面三步远的距离站定。他的眼神飘移。

夷莎多问："你来找我？"

夷莎单点了点头。

夷莎多："母亲呢？"

夷莎单："不知道。"

夷莎多的心狂跳不止。他已十九岁，不再是柔弱无助的毛头小伙，他的眼睛里有坚定的光芒。

"你什么都不知道？"他埋怨。

夷莎单方形的脸膛上挂满忧伤。他准备给夷莎多说点什么，但一直没有说。他站在离夷莎多三步远的地方摇了两下，然后消失了。夷莎多向前走了三步，然后站在夷莎单先前站着的地方。

他抬头望了望夷莎堡的天空。夷莎堡的天上没有一颗星，也没有一缕云。在这样的三更半夜，按理应该有什么东西响动。但是，夷莎堡的周围静悄悄的。

夷莎多焦躁不安。

为什么静悄悄？为什么焦躁不安？夷莎多活动了一下自己坚实的身体。一只黑色的大狗蜷缩在院门左侧的狗圈里悄然熟睡。那是一只来自金沙江北岸大山褶皱间沙马部落的土狗。那狗一身炭黑，就像来自火塘深处的木炭般。那长相丑陋的土狗叫阿昌。它白天一直睡，晚上还是睡，而且睡那么好。夷莎多的心中生有隐隐的妒意。狗圈过去，是两间又矮又小的仆人房。仆人房里住着阿笃阿尼两兄弟。阿笃阿尼两兄弟在仆人房里悄无声息地熟睡。为什么熟睡？为什么大家都在熟睡？夷莎多在自己的心灵深处不平地呐喊。我为什么不睡？我为什么睡不着？他这样想的时候，眼前突然晃过一个人影。啊！郭氏两兄弟寻仇来了。他的心紧张了起来。他无比小心地打开了又矮又小的仆人房。他喊醒了阿笃阿尼两兄弟。

阿笃阿尼："咋了?"

夷莎多："好像狼来了。"

阿笃阿尼两兄弟从夷莎大院后门悄悄地溜出去了。他们按照夷莎多的意思去通知夷莎堡所有的夷莎族人们去了。他们出去了一袋烟的工夫。

他们没有回来。

夷莎多："起来!"

阿荞："又来?"

夷莎多："不是又来。"

阿荞："天亮了?"

夷莎多："也不是天亮了。"

阿荞："那为什么起来?"

夷莎多："狼来了。"

夷莎多摸进阿荞的卧室再一次弄醒了熟睡的阿荞。他说出了阿笃阿尼两兄弟从夷莎大院后门一溜出去就一声不响地消失了的事。

"不要惊慌。"阿荞说。

她从自己的卧室里穿衣起来。按理，在这个时候夷莎堡应该鸡叫声此起彼伏。但是，夷莎堡的鸡一直没有叫。

夷莎多和阿荞从卧室里出来，一个人拿了一把大刀。他们屏息静气。他们来到院门左侧的狗圈边，他们摇了摇悄然熟睡的阿昌。天哪！阿昌的身子无比僵硬，僵硬得像一块石头，阿昌可能在天黑之前就被人弄死在自己的狗圈里了。夷莎多的心狂跳两下，阿荞手中的大刀握得更紧了。他们从阿笃阿尼两兄弟住着的仆人房里一步步走过去，然后喊醒了厨娘达尼，银匠田生，铁匠迪哥。

“嘟——嘟——嘟——”

时间还没到一袋烟的工夫，夷莎大院右边肃立的三丈高的土碉楼上一只牛角号便无比急促地吹响了。牛角号才吹响了三声，夷莎堡村庄的各个方向便有了汉阳造88式步枪的枪声。倚靠在悬崖下方的夷莎堡一下子沸腾起来。

火把点燃了，家家户户的天窗明亮了。夷莎堡里的夷莎家族们个个拿上弓箭刀枪一边呼喊自己的大名一边义无反顾地冲出自家的院门。

“砰!”

“砰砰!”

“砰砰砰……”汉阳造88式步枪的枪声干净利落。

那是仇方连长的部队，那是Q军营里的特种战士。他们分为十个行动小组，一个行动小组由十二人组成。十个行动小组像十把利剑，无比凶狠地插在夷莎堡的胸膛上，让那些一边呼喊自己的大名一边义无反顾地冲出自家院门的夷莎家族勇士们丧命在一声声“砰砰”里。

那些枪管里射出的火光一次次划亮了夷莎堡的夜空。夷莎堡的四周，开始有轻轻的风四处游走，厚厚的云层八方涌动。夷莎堡的夜不再是夜，夷莎堡的夜随时随地隐藏了杀机。在那些每分每秒里，在那些每一个瞬间，随时有生命消失在眼睁睁的路上。那眼睁睁的路上，有老人的祈祷，有妇孺的哭啼，有牛羊的叫唤，有鸡猪的吵闹。那眼睁睁的路上，仇方连长把自己藏在暗夜深处，那插在夷莎堡胸膛上的十把利剑也藏在暗夜深处。那眼睁睁的路上，一只只魔王的手四处伸出。

银匠田生：“我们咋办?”

夷莎多：“不咋办。”

铁匠迪哥：“等吗?”

阿荞：“也不能等。”

二十岁的阿荞和十七岁的夷莎多根本不知道接下来咋办。他们在黑暗深处，夷莎大院也在黑暗深处。夷莎多看了看阿荞，也看了看周围站着的厨娘、银匠、铁匠、仆人和长工四十来号人。看来在劫难逃了。夷莎多这样想。那位爬上土碉楼吹响牛角号的仆人才吹响了三声牛角号便被仇方连长的十二把利剑打下来了。被打下来的仆人双臂张开，像一只山鹰，从三丈高的土碉楼上俯冲了下来。

四十来号下人：“我们向外冲吧！”

夷莎多：“不能冲。”

四十来号下人眼巴巴地望着夷莎多和阿荞。夷莎多和阿荞眼巴巴地望着黑云涌动的天空。他们望着黑云涌动的天空，一直望，一直望，然后一不小心想出了办法。

他们想出的办法是这样的：打开夷莎大院所有牲畜的圈栏，让夷莎大院四十来号人全混在牲畜堆里冲出院门。

三面悬崖的夷莎堡被沉沉的死亡笼罩。

夷莎多、阿荞和四十来号下人全混在三十头牛十二匹马九十只羊里冲出了夷莎大院。

他们刚冲出夷莎大院，夷莎堡四面八方的黑暗深处便枪声大作。

一颗颗带着三千两白银使命的子弹在他们周围呼啸来呼啸去。他们周围的三十头牛被打死了十七头，十二匹马被打死了七匹，九十只羊被打死了四十只。

他们冲出夷莎大院后直接往夷莎堡上方的原始森林里跑。

他们一边跑一边呼喊自己的大名。

他们希望来敌——仇方连长也能呼喊自己的大名。

仇方连长并没有呼喊自己的大名。

在战斗时不敢喊出自己大名的是孙子，是十足的孬种！夷莎堡的人这样认为。

当然，他们的这样认为没有用。仇方连长仍在暗夜深处，其十把利剑也仍在暗夜深处。他们不知道夷莎堡里的夷莎多已经裹挟在牛羊堆里逃出了夷莎大院。他们的心里一直想着郭氏两兄弟承诺的三千两白银。

夷莎多他们跑到了夷莎堡上方悬崖下的原始森林里。

夷莎堡的夜空里出现了星辰。那是死亡的星辰，那死亡的星辰一下下眨着眼睛，那眨着的眼睛是无辜的灵魂，那无辜的灵魂在一下一下地倾诉自己的无辜。半袋烟工夫后，一轮金黄的月亮升在了夷莎堡右方的牟尼山上。那月亮羞答答的，内心深处潜藏胆怯，但似乎也有些向往。在夷莎堡上方悬崖下的原始森林里，有野鸟开始起来了。野鸟们扑棱翅膀，从这棵树飞到那棵树，“吱吱”地互相叫唤着。然后，一群群猴子也在原始森林的某个角落悄悄地聚集起来了。暗沉的光在夷莎堡右方的牟尼山顶越来越亮。

夷莎多让阿荞和四十来号下人藏好自己。

阿荞：“你呢？”

夷莎多：“回去。”

阿荞：“不能回去！”

夷莎多：“必须回去。”

夷莎多是夷莎单的儿子，是夷莎家族未来的族长。夷莎家族为了给夷莎单报仇付出了血的代价，他不能丢下夷莎家族。

阿荞：“我跟着你去！”

夷莎多：“你不能去。”

阿荞：“为什么不能去？”

夷莎多：“就是不能去。”

阿荞拉住了夷莎多的衣袖，夷莎多挣脱了阿荞的手。阿荞泪眼汪汪地望着夷莎多，其俊俏的脸蛋上写着生离死别。她跑将过去，再一次拉住了夷莎多。夷莎多看了看阿荞后面站着的四十来号下人，再一次挣脱了阿荞的手。他提着雪亮的大刀消失在天亮前的属于原始森林的夜色中。

通讯员小卢：“报告！”

仇方：“讲！”

通讯员小卢：“夷莎多逃了。”

仇方：“什么时候逃的？”

通讯员小卢：“夷莎大院冲出牛羊那会儿。”

仇方连长从夷莎堡的暗夜深处走了出来。他斜挎在左肩膀上的那把一卡长的带木盒子的驳壳枪正高举在右手上。夷莎堡的夜色越来越明亮，仇方连长的身影在夷莎堡越来越明亮的夜色中越来越高大，他一卡长的络腮胡在轻轻颤抖。他无比愤怒地上前大跨一步，然后“叭”的一声，举起扇板大的巴掌不由分说地掴了前来报告的通讯员小卢一耳光。

夷莎多逃了，他不需再躲在夷莎堡的暗夜深处了，其十把利剑也不需躲在夷莎堡的暗夜深处了。他们从夷莎堡的暗夜深处伸出脑袋来，十把利剑合成了一把。

他们冲进夷莎大院。他们在夷莎大院里“叮叮咚咚”地到处搜索。

他们没有找到夷莎多，也没有找到金银珠宝。

他们像疯了一样。

他们放一把火把夷莎大院里抢不走的财物全烧了。

夷莎多潜回了夷莎堡。

他潜回夷莎堡后悄悄救走了被困在夷莎堡里的三分之二的夷莎家族。

先前，仇方连长在暗处，夷莎多在明处。现在，仇方连长在明处，夷莎多在暗处。

夷莎多在夷莎堡来无影去无踪。他在救回三分之二夷莎家族的路上杀死了四位仇方连长的兵。一时间，仇方连长有些惶恐起来。原来想象中的山里娃也有不一般的时候。仇方连长这样想。

这时，一支利箭带着仇恨向牛高马大的仇方连长呼啸而来了。

仇方连长站在夷莎堡中间一条半人高的土埂上迅速跳下，在地面上打了两滚，他躲过了那支箭矢。

他从土埂下的地面上打了两滚爬起来后有些狼狈。通讯员小卢眼疾手快，用自己的身子护住了仇方连长。

“砰砰！”

“砰砰砰……”

先前，仇方连长带领的一百来人没有反应过来，他们一时间被标枪、飞石、箭矢等打得蒙头转向了。后来，仇方连长带领的一百来人全反应过来了。他们凭借手中汉阳造 88 式步枪开始防卫。

夷莎多组织了六十人夷莎家族开始反攻。

他们各有优势。

在夷莎堡开始大亮的晨光中，他们两败俱伤。

他们谁也不服谁。他们打了一个白天。仇方连长的左肩膀被夷莎多投去的标枪刺中。夷莎多的半只耳朵被仇方连长的驳壳枪打掉。

夷莎堡的夷莎家族们死伤三十，仇方连长带来的一百二十人死伤四十。

第十一章

我举起右手摸了摸躺在火塘下方的夷莎多老人的额头。

夷莎多老人并没有发烧。

我带来了省城最好吃的沙琪玛、奥利奥、牛肉干、板鸭。我把自己带来的这些食品从迷彩挎包里一样样全拿了出来，一包包撕开来拿给夷莎多老人。

我问："好吃吗?"

夷莎多老人："好吃。"

"牙齿嚼得动不?"

"嚼得动。"

夷莎多老人从火塘下方的草垫子上坐了起来，其头颅上花白的头发越发稀疏。他的牙齿倒是很好，洁白如玉。

他瘦骨嶙峋，皮包骨头，一双幽亮的眼睛在眼眶背后闪着历史的光。他一边认认真真地咀嚼我给他带来的香甜可口的沙琪玛一边用鼻腔含混不清地说出一些话。

"你不用担心我。"夷莎多老人说。

我："我不担心你。"

夷莎多老人："那你担心什么?"

我："我什么都不担心。"

夷莎多老人坐在草垫子上嚼完了三块黄澄澄的沙琪玛，然后抹了抹嘴唇。

他沟壑交错的老嘴唇一张一翕地动了两下，似乎想说什么，但最后什么也没有说。

我："我在想。"

夷莎多："想什么？"

我："一部长篇小说。"

夷莎多："属于阿了山的？"

我："你的。"

夷莎多："你打算怎么写？"

我："自然地写。"

夷莎多老人不知道什么是长篇小说，他以为长篇小说是长篇故事。当然，在一般人的心里，他的以为是对的。但在不一般人的心里，比如我的心里，长篇小说与长篇故事是不一样的。长篇小说是高大的艺术，是起伏于大地母亲之上的血脉；长篇故事则是蜿蜒的技巧，是流淌于沟壑间的细流。当然，长篇小说与长篇故事各有长处，也各有短处。

夷莎多："我是什么角色？"

我："大角色。"

夷莎多："有多大？"

我："比不出的大。"

夷莎多老人不知道什么是比不出的大。他不需要知道比不出的大。比不出的大，那肯定是不一般的大。他层层叠叠的皱纹在老脸上一条条舒展开来。然后，他深藏眼眶背后的眼睛在煤油灯下闪了一下，那闪了一下的光牵住了生命里久违的某种记忆。那记忆丝丝缕缕的，从九十八年前那个多雾的早晨无比忧伤地匍匐而来，然后跪在了夷莎多老人铺了草垫的火塘面前。

他继续讲自己的故事。

他知道我需要故事，就像阿了山需要四位女巫。

雾，洁白如纱。

滚滚浓烟，未熄灭的火。

断墙，残垣。

死尸。牛的尸，羊的尸，猪的尸，狗的尸，人的尸……

砰！

砰砰！！

砰！

在耳朵与耳朵之间，眼睛与眼睛之间，时不时响起汉阳造88式步枪的枪声。枪声稀落，夷莎堡晨光中轻微的叹息也开始稀落。夷莎多没有了半只耳朵，但并没有妥协。他带领三十位夷莎勇士仗着有利地形越战越勇。在敌进我退，敌驻我扰，敌疲我打，敌退我追的运动战中，夷莎多带领的三十位夷莎勇士用自己熟练的弓箭、石头、大刀、标枪等冷兵器杀死了仇方连长配备了汉阳造88式步枪的二十三位官兵。仇方连长在自己的战无不胜里渐显狼狈。

通讯员小卢："再战吗，连长？"

仇方："再战。"

仇方连长左肩膀被夷莎多投去的标枪刺中，他的左肩膀流了一手臂的血，他让通讯员小卢作了简单的包扎，然后继续高举乌黑亮丽的驳壳枪指挥战斗。啪！啪啪！！他手中的驳壳枪在夷莎堡的晨雾中时不时打响。他与夷莎多之间的战斗进入了僵持间断。

古排长："连长。"

仇方："什么事？"

古排长："形式对我们不利。"

急匆匆跑来报告的是一位姓古的排长，矮胖矮胖的。他像一只圆滚滚的冬瓜，骨碌碌滚过来趴在仇方连长的身边。

仇方："有什么不利？"

古排长："我们僵持不起。"

仇方："那咋办？"

古排长："我们进行一次全面性的冲锋。"

仇方："然后呢？"

古排长："撤退。"

古排长长相丑陋，像一头野猪。但是，他有勇有谋。他是仇方连长手下最得力的干将。“我想想，我想想。”仇方连长半隐在一条土埂下。他一边抓挠自己的络腮胡一边绞尽脑汁地想。他想了十秒钟的时间，想出了一条妙计。

仇方：“我们可以这样。”

古排长：“怎样?”

仇方：“假装撤退。”

古排长：“然后呢?”

仇方：“发起全面进攻。”

仇方连长的这条妙计本算不上什么妙计，但让夷莎多带领的三十位夷莎勇士上了当。在夷莎堡右上方的森林边，本想敌退我追的夷莎多遭到仇方连长的全面进攻。在汉阳造88式步枪的“砰砰”声中，夷莎多带领的三十位夷莎勇士倒下了十四位。本来预想的敌退我追变成了敌进我退。夷莎多在前面跑，仇方连长在后面追。那一颗颗子弹打着呼哨擦着夷莎多的头皮飞来飞去。看来，这条命休矣！夷莎多带着自己仅剩的十六位勇士边跑边想。那一刻，他们手中的弓箭、石头、大刀、标枪等冷兵器变成了累赘。

他们丢弃了这些累赘奋力前逃。

砰!

“哎哟!”

砰砰!!

“哎哟哎哟!”

砰砰砰!!!

“哎哟哟……”

一路溃逃中，夷莎多带领的十六位夷莎勇士又被打死了七位。他们跑进了夷莎堡上方的原始森林。他们慌不择路，他们往悬崖下面的原始森林深处逃。他们一逃进原始森林深处就四散开去。他们四散开后，仇方连长的队伍就全集中来追杀受了伤的夷莎多。

他们把夷莎多当作猎物。

猎物往哪里跑，他们就往哪里追。

林木苍翠，一条条古藤用自己的方式把古老的树木紧紧缠绕。古藤与老树下，一丛丛锯齿形蕨草与墨绿的苔藓相依相偎。夷莎多甩开手臂在古藤与老树底下奔跑，在锯齿形蕨草与墨绿的苔藓中间奔跑。

他一边奔跑一边躲闪。他的身后枪声此起彼伏。

仇方："抓住夷莎多，赏一百大洋！"

兵丁："打死呢？"

仇方："五十。"

重赏之下必有勇夫。仇方连长的士兵一个比一个勇猛，一个比一个飞快。他们在古藤交缠的原始森林里冲锋，那灵巧的动作如履平地。夷莎多在夷莎堡上方悬崖下面的原始森林里逃了一上午，他们追了一上午。后来，夷莎多逃累了，仇方连长的大部分官兵也追累了。仇方连长手下有一位外号叫猴子的兵，从小生长生活在大山里，在森林里跑起来比兔子还快。他一直紧追着夷莎多。他不愿放弃那一百大洋。

猴子："别动！再动就打死你。"

夷莎多："那你打死我！"

在悬崖下方森林边缘一个宽阔的路口，又累又饿的夷莎多被外号叫猴子的兵撵上。猴子气喘吁吁地端举着一杆汉阳造88式步枪。猴子与夷莎多的距离只有二十米。由于气喘吁吁，猴子手中的汉阳造88式步枪有些发抖。

"我真开枪了？"猴子其实并不想开枪。他开了枪就少了一半的赏钱了。

"你开枪便是。"夷莎多知道在劫难逃。

砰！

猴子开了枪。他开的枪没有打中夷莎多。砰砰砰！他又连续开了三枪。他连续开的三枪也没有打中夷莎多。这是怎么回事？难道我的先祖在冥冥之中保佑了我？夷莎多向前跑了两步，听到自己身后有搏斗的声音。

"夷莎多，快跑！快跑！"

原来阿莽来了。阿莽在猴子扣动扳机的瞬间扑了过去。她推倒了猴子。她与猴子在地面上搏斗，她被猴子打中了两枪。她用牙齿死死地咬住猴子的肩膀，她被猴子推开了去。

她叫夷莎多快跑。

生死由命，富贵在天。夷莎多瞬间转了身。

他的眼前一片空无。他的眸子里只有最爱的阿荞和最恨的猴子。

他视死如归地冲向猴子。

猴子："放开！"

阿荞："不放！"

猴子："不放我捅死你！"

阿荞："捅死我也不放。"

阿荞用生命里最后的爱与意识死死攥住猴子手中正准备向夷莎多开枪的汉阳造88式步枪。她的身上全是血，她顾不得自己身上的血，她攥住猴子的枪管死不放手。猴子与阿荞抢夺了十二秒钟。猴子没有抢下阿荞攥住的枪管。他气急败坏，从腰间抽出一把雪亮的尖刀来。

他把尖刀狠狠地插在了阿荞的胸口上。

夷莎多顾不了许多。他一个箭步上前掐住了猴子的脖子。

他使尽平生力气，五秒钟后，"咔！"的一声，掐烂了猴子的喉管。

猴子的眼珠暴突，伸长舌头挣扎了一下，然后蹬直双腿一命呜呼。

"阿荞！阿荞……"夷莎多丢下一命呜呼的猴子紧紧抱住了阿荞。

他一边使劲摇晃正在失去意识的阿荞一边撕心裂肺地呼喊。

他的嘴唇铁乌，双手颤抖得厉害。

他根本没想到阿荞会跑来救自己。

阿荞："夷莎多……我……我……"

夷莎多："你不会有事的……我……我……一定……把你……救活过来……"

阿荞："没……没……用了……让我……让我……再看看……看看你……"

夷莎多："荞……我最爱的阿荞……你看吧……我爱你……"

阿荞："我……我……我也爱你……"

她无比吃力地说出了最后一个字，然后脑袋一偏，无力地倒进夷莎多的怀里。

“天哪！”夷莎多的眼泪暴雨般“哗啦啦”流了下来。

他抱着阿荞的尸体一步一晃地走向原始森林的更深处。

他在原始森林的更深处找到了夷莎家族侥幸存活下来的勇士与妇幼老少。

他的眼泪已经流干。

他两眼无神，一脸麻木。

他把阿荞的尸体放了下来。

他让夷莎堡的妇幼老少们照管好阿荞的尸体。

他把侥幸存活下来的夷莎勇士们再一次组织了起来。

他不服气。他准备再来一次敌退我进。

他要为阿荞等夷莎堡人报仇。

夷莎勇士：“还是偷袭？”

夷莎多：“是的。”

夷莎勇士：“还是与上次一样全体突袭？”

夷莎多：“不，这次分开突袭。”

站在夷莎多面前准备参加战斗的夷莎勇士仅剩了二十一人。

他们人少，但没有丝毫畏惧。

他们在自己的内心深处暗暗整理一下情绪，然后操起大刀、长矛、标枪分成三个小组向夷莎堡村庄摸去。

他们在林路上走了两袋烟的工夫。

他们摸到了夷莎堡村庄。

夷莎堡村庄周围的团团白雾已散去。渐渐明晰的村庄到处是被烧毁了的土掌房。夷莎堡村庄静悄悄的。他们摸遍了夷莎堡周围的每一寸土地，他们没有找到仇方连长。

“我们到堡子下方看看。”

“好。”

夷莎多带着夷莎勇士们来到夷莎堡下方斜躺的山坡上。夷莎堡下方斜躺的山坡上仇方连长的影子也没有一个。不是战无不胜吗？居然还逃了。夷莎多勇士们原先不知道仇方连长，但后来知道了。有钱能使鬼推磨，他们没想到 Q 军营里大名鼎鼎的军官也可以被郭氏兄弟收买。

第十二章

美丽性感的乌嘎到S城鞋厂打工去了。

她没有给我打电话。

她本该有很多话要说，但最后什么也没有说。

她留了一件深蓝色的羊毛披风给我。

“把这个给他。”阿了山上出现了美丽壮观的晚霞，她来到了夷莎多老人的竹笆房里。她把捆扎折叠得严严实实的羊毛披风交给了夷莎多老人。

“你真走？”夷莎多老人试探着地问。

“真走。”她小声地回答。

实际上她可以走，也可以不走。

阿了山上金黄的落叶飞飘了一路。

乌嘎走了。她的思念如落叶般飞飘了一路。

她走后两个月，我来了。

我来到阿了山。

我不知道乌嘎已离开阿了山。

我给乌嘎带来了一条洁白如雪的围巾。

我带着洁白如雪的围巾在阿了山村庄里找了一个下午。

我没有找到乌嘎。

天色在远处的山脉间游移。

我找乌嘎找累了，坐在阿了山村庄中间凸出来的大磐石上休息。

我无所事事。

我在自己的内心深处一遍遍默念乌嘎的名字。

“乌嘎，乌嘎。”我轻轻地念，就像一遍遍抚摸乌嘎性感迷人的腰。我舍不得乌嘎，留不住乌嘎。我只能一次次思念、一次次默念。

我想起了乌嘎的眼神。

那眼神站在空中，像一朵云彩。

那眼神俯瞰我。

那眼神在飘移、埋怨、犹豫、爱恋。

我想起乌嘎的人。

那还是初春季节，我和她在阿了山上见最后一面。

一场场细密的雪花隔三岔五地下着。我从夷莎多老人的竹笆房里出来，冒着成片成片的雪花在阿了山村庄夜里瞎摸了三袋烟工夫。然后，我摸到了乌嘎的家，乌嘎的卧室。

“冷死了！”我搓着手。

“那你还来?”乌嘎嗔怪道。

“不来更冷。”

我再一次霸占了乌嘎美妙动人的肉体。

我再一次在乌嘎美妙动人的肉体上播种自己的梦、爱与美好。

乌嘎紧紧地抱住我，她似乎想跟我说什么，但话到嘴边又莫名其妙地咽下去了。乌嘎那欲言又止的表情更加妩媚。

那妩媚的表情紧贴在我赤裸的胸口上，像一团火，在一次又一次地燃烧。

“你应该说点什么吧！”我看了看她。

“我没有，你呢?”

“也没有。”

“为什么都没有?”

“可能也不是没有，只是不知该怎么有。”乌嘎说。

她一双纤细柔软的手一次次抚过我阴凉的脊背。我阴凉的脊背像一座古岩。那座古岩在太阳的反方向，那座古岩在乌嘎别有深意的抚摸里没来由得出冷汗。

她转了个身，然后平躺了下来。

她的眼睛在头顶的黑暗深处闪烁，那闪烁里有眼泪的味道。

她一次次吞咽口水，她的吞咽里有叹息的影形。唉，唉，唉。为什么叹息？没有人知道。

我也转了个身，与乌嘎并排平躺。

我呼吸间有些急促。仿佛，我刚开垦完三块荒地回来。

我把自己的两个大巴掌翻转过来平放在后脑勺下当枕头。

我的眼睛也在头顶的黑暗深处闪烁，那闪烁里也有眼泪的味道，但更多的，则是迷惘。为什么迷惘？唉，谁知道。也许，一个人生下来就注定迷惘的。

“你会走芝栀黎的路吗？”我问。

“不会。”她肯定地回答。

“为什么不会？”

“不可能会。”

乌嘎没有读过书。她从十三四岁开始，就被迫遵循了阿了山的原则。她在阿了山的原则里吃尽苦头。她醒悟了。她准备做真实的自己。她和芝栀黎不同，不会走上芝栀黎的路。

我的手抚摸到了乌嘎光滑细嫩的肌肤，在厚实温暖的棉被下。

我的手在乌嘎光滑细嫩的肌肤上行走，在厚实温暖的棉被下捧住了乌嘎结实的屁股蛋子。

天色在远处的山脉间游移了一阵，然后举着一面黑色的战旗一步步向阿了山走来。

我坐在阿了山村庄中间凸出来的大磐石上。我紧紧抱住膝盖，低着头。我似乎什么都想，又似乎什么都不想。

这时，张英走过来了。

她刚满十六岁，初中毕业，没有考上高中。

她小巧迷人的嘴巴上挂着“哎哟喂”走过来了。她一张细嫩的瓜子脸上现出两个诱人的小酒窝。她走到村庄中间凸出来的大磐石下。

她穿着一件牛仔短裤。她从大磐石的左上端爬了上来。

“你是在看晚霞吗?”她问。

“没有。”我装聋卖傻。

“那你看什么呢?”

“什么也没有看。”

她依偎着我坐了下来。她知道我。确切地说，阿了山的人都知道我。我来自金沙江南岸遥远的省城，我是传说中会写故事的人。阿了山的人不知道什么是故事，但尊敬会写故事的人。他们把我当作了阿了山共同的贵客，我需要什么，他们就给予我什么。张英是半个阿了山人，她家在遥远的山外。她的大姑嫁在阿了山，她时常来看望大姑。

“这是什么?”她斜眼看了我一下。她看见了我怀抱着一条洁白如雪的围巾。

“围巾。”我回答。

“送给我的吗?”她一下子兴奋起来。

我点了点头，然后把围巾拿出来，半情愿半不情愿地送给了张英。

她把洁白如雪的围巾铺展在自己的膝盖上翻来覆去地看。她清纯的双眼在围巾上发亮。她迷人的瓜子脸红扑扑的，两个小小的酒窝时不时灵动着。她在越来越暗的天色里站了起来，她把洁白如雪的围巾围在自己细长的脖颈上，她像一只小白兔，在我坐着的大磐石上蹦来跳去。

天色里，阿了山村庄一片散乱。

我坐在大磐石上，没有什么都想，也没有什么都不想。

我仔细地端详着阿了山村庄。

阿了山村庄里居住的山民这里一户，那里一户。山民居住最多的地方，当地人称之为槛峨，其实是村庄右上端。说槛峨居住的人多，其实也就五十户人家。那五十户人家都姓祁，传说是从一个曾爷爷发展起来的。他们是张英的亲戚。张英的大姑叫则罗。则罗就是三十年前从遥远的山外嫁到阿了山，嫁给祁氏兄弟中最帅气的祁穆雷的。槛峨下来就是槛举。槛举居住的人东一家西一家，没有两家是挨在一起的。他们有二十多户人家。他们中一大部分还居住在茅草屋里。乌嘎家就在槛举。乌嘎家居住的，其实也是茅草屋。他们的牛圈羊圈全建在家里，牛羊也关在家里。似乎，他们与牛羊是同呼吸共命运般。当然，他们的牛羊也不是一年四季都关在家里。他们的牛羊关在家里差不多也就冬天。阿了山海拔三千二百米，冬天的时候天寒地冻，一不小心就冷死牛羊。阿了山的山民们为了让牛羊们安全地度过奇寒无比的冬天，把牛圈羊圈建在家里，把牛羊关在家里。槛举下来就是槛姆。槛姆有四十三户人家。芝栀黎家就是槛姆的。槛姆的四十三户人家中间相隔三四块地。他们每户人家都有自己的围墙、院子、菜地。假如每个地方都应该有最富有的群体的话，那他们就是阿了山最富有的群体。他们当中芝栀黎家的房子是盖得最好的。芝栀黎家的房子占地一百三十平方米，房顶盖有青色的瓦片。阿了山村庄里大部分人羡慕芝栀黎家，小部分人嫉妒芝栀黎家。他们谣传芝栀黎家的芝栀黎在S城做不干不净的事，挣不干不净的钱。槛姆下去三四里地是阿了村小。阿了村小安安静静，仿佛没有一个人居住在那里般。

我细细地端详了阿了山村庄。

我回过神来。

我看见张英在大磐石上不停地展示洁白如雪的围巾。我伸出手去，张英便倒了下来。倒了下来的张英没倒在大磐石的其他地方，倒了下来的张英直接倒在我的怀里。

“哎哟喂！”张英感叹。

“有意，还是无意？”我半搂着张英，不知道自己是该放开，还是该继续搂着。

“缘。”张英十六岁。她说出了一个“缘”字。在越来越暗的天色里，她说完了“缘”，然后用亮晶晶的眼珠子望着我。她望着，一直望着，然后伸出了一双稚嫩的手，她的手紧紧地环绕在我的脖子上。她安安静静的，呼吸平稳而实在。那一刻，她不像一位十六岁的女孩。

“你不怕？”我摸了摸她的脸。

“不怕！”她回答。

“你谈过恋爱吗？”

“现在的初中生谁不谈恋爱哟！”

她像一只小鸟，依偎在我的怀里，小小的脸孔上飞舞着五光十色的幸福。她犹豫了一下，然后亲了我一口。她从我的怀里站了起来。

“你回去了吗?”我问。

“不回去跟着你钻草堆啊!”张英拿着我送给她的围巾在空中挥舞了两下，然后消失在阿了山的夜色中。

第十三章

夷莎多与沙沙在阿了山居住了五年。

他们在阿了山开垦了五块屋基那么大的荒地。

他们在开垦出来的荒地里种上苦荞、燕麦、洋芋、圆根萝卜。他们有一百零九只绵羊，他们不愁吃穿。他们在世外桃源般的阿了山过着自己的小日子，没有这样那样的恩恩怨怨，也没有这样那样的战争。他们的周围只有原始森林，原始森林里只有三五成群的黑熊，他们与黑熊是最好的邻居。

他们在阿了山修建了最美的竹笆房。

他们在竹笆房里洗衣、煮饭、睡觉、做爱。

他们按照自己喜欢的方式过好属于自己的每一天。

他们在等待。

等待什么呢？唉，谁知道。

他们带来的盐巴一年年吃光了。

他们等待有人路过阿了山，他们希望能够在路人那里换到一些盐巴。

当时，季节已是深秋了。

他们坐在竹笆房里。

外面，秋雾茫茫，细雨绵绵。他们一直等待。

他们的等待像秋雨一样不停，像秋雾一样朦胧。

在时光被什么人缚住了双腿般漫长的等待中，山上的树叶一片片变黄了，落光了。空气在冬天到来之前突然变冷。冰冻的细雨夹着雪花不时地往下落。

风雪中，有一只受冻的乌鸦从阿了山之外的大山飞来，落在夷莎多家门前的一棵大树上“哇啦哇啦”地叫个不停。

“黑鬼，你哇啦什么呢?”沙沙走出竹门。

“沙沙有难！沙沙有难!”

“你才有难……”沙沙叹了一口气，拿了根竹竿把乌鸦赶走了。

有一个晚上，风和雪都停住了。阿了山万籁俱寂。沙沙走出竹门，一抬头就看见了一弯冷冷的新月挂在空中。她的心中突然生出一股冷冷的思念。她流下两滴不知是啥滋味的泪来。谁知道做头人的舅舅会不会找我呢？她想。她的心中掠过一缕无法用言语表达的伤。

“你寂寞了?”夷莎多无比爱怜地问。

他脸形瘦长，眼睛雪亮。他站在沙沙身后。他知道沙沙心中的伤。

“没有。”沙沙回答。

“那就唱歌吧!”

夷莎多用一件宽大的羊毛毡衣搂着沙沙。他们在竹笆房门边的木凳上坐了下来。他们一起唱一首叫《思念》的歌。

雪花飘飘，
思念飘飘，
一直飘飘，
无休无止，
人去不归……

他们唱着唱着，眼泪无法控制地掉下来了。在如此冰冻的雪花的世界里，他们属于世界的哪一角呢？他们想。在阿了山这个山高水远的地方，谁能够给我们带一声问候，随便捎一口袋盐巴呢？唉。

雪花啊飘飘，
飘来父母吧，

飘来亲人吧……

我们的思念，

穿透雪花飘飘。

他们泪眼汪汪地相互望着。他们似乎一下子看懂了这个世界。

后来，冬天过去了。阿了山上一度消失了的鸟雀们又回来了。

阿了山上的天气一天比一天暖和。去了南方的布谷鸟回来了。布谷鸟站在石头上、树枝上“布谷布谷”地啼唱。

沙沙一颗等待的心长满杂草。

夷莎多的心也是。

那个春天，从很远的阿了山外来了一匹花色的驮马。它说它不是一匹马，它说它是一个人——一个为了要饭，在世界的每一个角落都到过了的人。

“我真是一个人。”他重复。

“我们也没有说你不是一个人。”沙沙说。

他叫嘎达，四十九岁。他从山外带来了三斤盐巴。他把三斤盐巴全送给夷莎多和沙沙。为了感谢，夷莎多和沙沙杀了一只百来斤重的绵羊招待了他。

他一双乌黑的手像老鹰的爪子，十分凶狠地抓着香味扑鼻的羊肉，一坨又一坨地往嘴里送。在其不紧不慢的啃食中，一只无比硕大的绵羊被吃掉了整整三分之二。他吃饱了，扯起一片衣襟麻利地抹了一下嘴唇。然后，他开始讲述自己的经历：

三十年前，嘎达十九岁。他有父母和兄弟。他是一个幸福的人。

后来，或许是风的缘故，或许是雨的缘故，或许黑白颠倒四季不分的缘故，嘎达的家破碎了，他的父母没了，他的兄弟也没了。他像一株冬天里生长的草，可怜，无奈，孤零零地生活在这片土地上，所有的希望与幸福都没了。

他对先祖绝望，对天空绝望。他对一切存在的和不存在的神灵绝望。

于是，一个好朋友来了。它的名字叫贫穷。贫穷使他仅有的一点尊严也消失了。他开始走上讨饭的道路。他的道路只有起点，没有终点。他一直以为自己是最倒霉的，却不知还有比他更倒霉的人。

二十年前的一个冬天，他要饭要到一个叫古鲁布的村庄。听说，古鲁布有一恶霸，名叫撮者里。撮者里在古鲁布横行霸道，连当地的官府也拿他没有办法。他到古鲁布那天，为了防范恶狗，特地找了一根有刺的木棒。但是，当他走进这个村庄的时候，那些所谓的恶狗，简直不像是狗。那些狗连石头都可以咬烂，何况是他的一根刺棒呢？他的刺棒不仅被恶狗咬烂，而且还被恶狗们吃进肚去了。

周围一个人也没有。

他想，他可能要成为恶狗们的食物了。他从内心充满绝望。

他闭上眼睛。

他感觉到恶狗的獠牙举向了自己的脖颈上了。

这时，传说中救苦救难的神之子格六降临了。

格六把所有的不幸移至另一个人的头上。

唉，那真是一个苦命的人。那个人的脊背上挂着一条麻布口袋，口袋里装着三斤食盐。那个人没有想到古鲁布的恶狗们会吃人。那个人在成为恶狗的食物之前，连自己叫什么名字，自己是哪里人都没有喊出来。

后来，嘎达就在撮者里家当奴隶。撮者里这样对嘎达说，你一个要饭的人，既然到了古鲁布，就应该留个十七八年。那些吃人的恶狗，就是撮者里家喂养的。撮者里利用吃人的恶狗，要了很多山外来的陌生人的命。嘎达在撮者里家生活的十多年，吃不饱，穿不暖，还经常受到毒打。他发誓说，一定要找一根最毒的所洛草乌，先把撮者里家的恶狗全部毒死，然后到外面去寻找自由。

他知道，不把恶狗们毒死是逃不出去的。

再后来，他看见麻布口袋里装着三斤盐的被恶狗们吃掉的中年男人的儿子上来寻仇。唉，他们怎么能够斗得过撮者里的恶狗们呢？更别说是向撮者里讨个说法了。中年男人的儿子们隔几年来一个，但每一个都被恶狗们吃掉了。嘎达是中年男人的第六个儿子被恶狗们吃掉的第二年离开古鲁布的。那年，有个神秘的人给了嘎达一根所洛草乌，他把所洛草乌和在食物里，让恶狗们吃了，恶狗们就口吐白沫，再也恶不起来了。

嘎达趁机逃了出来。

他在逃跑的路上走了十三年。他来到人迹罕至的阿了山。他想在阿了山定居下来。

“那就留下吧，”夷莎多在火塘上方的篾席上一边抱腿而坐一边抽着一杆粗糙的兰花烟。他看了看火塘下方年轻漂亮的沙沙，然后慢悠悠地说：“整个阿了山就我和沙沙，假如你真要留下来，那就必须听我们的。”

“这个肯定。”嘎达的脸孔上全是黑斑。他的头发散乱在肩膀后面，一双眼睛细小黑亮。

他用细小黑亮的眼睛把年轻漂亮的沙沙一直呆呆地望着。

“啪!”夷莎多掴了嘎达一个耳光。

“这是什么?”

“规矩。”

“我……我……我……”嘎达捂住被打疼的脸孔准备争辩。

“你……你……你……”夷莎多准备再挥去一巴掌。

“错了……我……错了。”

“记住规矩。”

“一定，一定。”

嘎达看了看夷莎多清瘦的脸和深邃的大眼睛。他知道夷莎多不是好惹的茬儿。他看了看夷莎多的骨骼，知道自己不是夷莎多的对手。他被打了一耳光。他忍气吞声、点头哈腰。他已经是阿了山上的山民。

阿了山上多了一座竹笆房。

阿了山上的荒地也从五块开垦到七块。每天早晚，阿了山顶都有两股炊烟袅袅升起。那袅袅升起的炊烟告诉这个世界，这里不再是原始森林。这里是一片村庄，一片只有两户人家的村庄。这两户人家里面，另一户还单身着哩。

嘎达细小的眼睛一直在沙沙的胸脯上、大腿上、屁股上、脖颈上游走。

夷莎多一直担心嘎达细小的眼睛。

他的担心没有多余。

当时，季节又转入秋天。

嘎达酿了一坛杂酒。那是他来到阿了山后的第一个丰收。他十分高兴。阿了山上已有九个粮篼的余粮。这些余粮全放在嘎达的竹笆房里。他用了一小部分酿造成一大坛杂酒。他把杂酒倒在一只宽大的木盆里给夷莎多和沙沙端去。

“你不喝吗?”夷莎多问。

“不喝。”嘎达站在一边，似乎有点低三下四。

“其实你可以喝。”

“我真不喝。”

“你不喝我也不喝。”

夷莎多六年没沾过一口酒了。其实，他想好好地喝一喝，但又怕嘎达那双细小的眼睛。

他转过头看了看坐在一边聚精会神地捻线的沙沙。

“我不会喝。”沙沙回头看了看夷莎多，然后回答。

“这不是白酒，不醉人。你们可以放心地喝。”嘎达站在一边劝说。

“那就喝吧!”

“大家都喝吗?”

嘎达跑回自己的竹笆房里重新端来了一木盆杂酒。他对夷莎多和沙沙说，你们两个喝那盆，我喝这盆。

他们开始喝。

夷莎多和沙沙喝的是情侣杂酒。他们你喝一口，我喝一口。嘎达喝的是单身汉寂寞与孤单的杂酒。他隔两分钟就“咕咚咕咚”地灌一阵。他们从上午喝到下午。他们一直喝。

夷莎多和沙沙喝的木盆装的杂酒是酒精度最高的头道酒。夷莎多和沙沙越喝越醉，越醉越喝。嘎达喝的木盆装的是掺杂了一大半饮用水的杂酒。他喝得酣畅淋漓。他越喝越清醒，越清醒越喝。

“喝不了了。”沙沙站了起来。她已经喝得摇摇晃晃。

“我也喝不了了。”夷莎多也站了起来。他也是喝得摇摇晃晃的。

“不！继续喝。”嘎达没有站起来。他端起一木盆的杂酒继续喝。

“那你喝，我们先休息了。”夷莎多和沙沙互相搀扶着走向用木桩打出来的竹床边。他们双双倒在了宽大的竹床上。

嘎达抱起木盆一直喝。他一直没有醉。他的眼睛一直在沙沙的身上走着。他裤裆里的小兄弟摇头摆尾的，正在预谋某种危险的爱。他喝干了一木盆的杂酒，然后走到了夷莎多和沙沙相拥而眠的竹床边。

夷莎多和沙沙相拥在竹床上，由于酒精的作用，没过半袋烟的工夫就鼾声四起了。

嘎达站在竹床前用自己细小的眼睛把沙沙从上到下看了九遍。他做梦都想把沙沙看个够。现在，他终于把沙沙看够了。他准备走开，回到自己的竹笆房里去。他还没有走开，夷莎多就伸了个懒腰转了个身。他看到了沙沙细长白嫩的脖颈，看到了沙沙饱满迷人的胸。他的心跳在渐渐加速，他开始实施自己的不轨。

“夷莎多！夷莎多！”他轻轻地喊了两声夷莎多。

夷莎多醉得像一头死猪，除了“呼噜呼噜”的鼾声，已没有任何回应。

他把夷莎多从竹床上抱开。然后，他躺在了漂亮迷人的沙沙身边。

首先，他抱了抱醉得不省人事的沙沙。他抱了沙沙，沙沙也回抱了他。他的胆量在沙沙的回抱中一寸寸增加，他的手伸进了沙沙的领口，他摸到了沙沙饱满迷人的胸脯。他的手抖颤颤的。他抖颤颤的手在沙沙的胸脯上揉来捏去。他看了看沙沙睫毛长翘的眼睛，沙沙的眼睛似笑非笑，那似笑非笑深处潜藏着某种不可言表的幸福。

他的胆量越来越大了。

他解开了沙沙的上衣。他用肮脏的嘴唇一次次亲吻沙沙的酥胸。沙沙呢，可能以为他就是夷莎多，她闭着眼睛抱住了他的头。

外面的天色在竹笆房外面越来越暗。

天色让沙沙看不到嘎达。

嘎达一次次亲吻了沙沙的上身。他的手开始向沙沙的下身发展。他一双乌鸦爪子般的手伸向了沙沙的裤腰带。他摸索了一小会儿，然后解开了沙沙的裤腰带。

他褪下了沙沙的百褶裙。

他摸到了沙沙的大腿。

他欲火中烧，三下两下褪下自己的裤子压了上去……

第十四章

夷莎多从酒醉中醒来。

他发现天已经大亮。他有点口干，他摇摇晃晃地走到木桶边用木瓢舀了瓢清水“咕咚咕咚”地喝了下去。

他喝完一大木瓢清水才想到沙沙。

他放下木瓢到处找沙沙。

他没有找到沙沙。

“她一大早会跑到哪里去呢?”他想。

他想到了昨天的杂酒。

他们全都喝醉了。

他们喝醉了后就全睡觉了。

夷莎多跑到嘎达的竹笆房去找嘎达。他没有找到嘎达。

“这怎么回事啊?”他在自问。

他的自问没有得到回答。

“沙沙！沙沙!”他在两座竹笆房周围转了两圈，喊了两声沙沙。

他的两声“沙沙”没有得到任何回应。

“嘎达！嘎达!”他在两座竹笆房周围转了两圈，然后喊了两声嘎达。

他的两声“嘎达”也没有得到任何回应。

“一大清早的，怪了!”他自言自语，然后准备烧火煮饭。

他正准备烧火煮饭，一颗好端端的心却平白无故地疼痛了一下。他在疼痛里打了一个寒噤。这怎么回事啊？他再一次自问。他的再一次自问没有得到回答。

他已没有心情烧火煮饭。

他取了一把弯刀走到原始森林里去找沙沙。

他来到原始森林中间的清泉边。他以为沙沙会在那里洗衣服或梳头洗脸。清泉边落叶飘零，有跑来饮水的野鹿、麂子、黑熊，有跑来看热闹的野鸡、猴子、松鼠。

他在清泉边没有找到沙沙。

沙沙不在原始森林，嘎达也不在原始森林。他们去哪里了呢？夷莎多一直想，一直没有想出个所以然。

他离开原始森林中间的清泉边回到自己的竹笆房里。

他坐在自己的竹笆房里等待沙沙回家。

他没有等到沙沙回家。

时间到了中午时，他开始慌了。

“沙沙一定出什么事了！”他想。

他在竹笆房周围仔仔细细地寻找每一处沙沙的足迹。

他在竹笆房周围寻找到了无数个沙沙的足迹。

他顺着沙沙的每一个足迹一个地方一个地方地找。

他在沙沙的每一个足迹里除了找到叹息，其实还是叹息。

“难道真找不着沙沙了？”夷莎多的心开始哭泣。他深爱沙沙，就像曾经深爱阿荞、深爱闽山。沙沙是他的第三个女人。他前面两个女人都死在敌人的枪口下。沙沙本是苦命人，他带着沙沙跑到人迹罕至的阿了山来，其内心深处的另一层意思就是为了让沙沙躲开前面两个女人的那种悲惨命运。他和沙沙在阿了山幸福快乐地生活了五年。然后，阿了山上来了嘎达。嘎达到阿了山才九个月，嘎达把沙沙弄到哪里去了？他恨死自己，恨死嘎达。他希望找到嘎达，但没有找到嘎达。

阿了山的天空开始多雾。

夷莎多坐在雾气氤氲中哀伤、悲怆、无助。他的眼泪在眼眶里打转。

“该死的酒！”他骂道。他从一块黑褐色的石包上站了起来。

他准备再去找沙沙。

"嗷呜——嗷呜。"

这时，五只黑熊向夷莎多走了过来。它们一只跟着一只，从雾气氤氲中一只只走到夷莎多跟前。

"咋了？出什么事了？"夷莎多用两只手一下下抚摸前后来到前面的五只黑熊。它们是一家子。它们一家子受过夷莎多和沙沙的恩。它们有兽的天性，但也懂人的感恩。它们是夷莎多和沙沙安置在阿了山原始森林里的眼睛与鼻子。它们是阿了山原始森林里的情报员。

"嗷呜——嗷呜。"五只黑熊的叫声里充满哀伤。

它们没有叫太多的声音。它们领着夷莎多向一片隐于原始森林背后的冷杉林走去。

它们走两步，回望夷莎多一眼。它们的回望里充满说不出的苦楚与安慰。

"沙沙？啊！一定是沙沙。"

夷莎多感觉到了沙沙的气息、心跳、犹豫不决与难舍难分。

他一直跟着黑熊的脚步走。他们一直走，穿过了一片又一片的原始森林。他们走进密密匝匝的原始竹林，他们穿过原始竹林，他们看到了一棵棵高耸入云的冷杉。每棵冷杉的中间都挂满一团团美丽女子金银首饰般无比漂亮的松萝。夷莎多在一节枯枝上捡到了一片衣襟，那是一片被树枝撕烂的衣襟。那片衣襟不是别人的，是沙沙的。沙沙来过这里。她应该在前面不远的地方。她可能遇到了什么危险。

心急如焚的夷莎多走在了黑熊们的前面。

他的手臂、脚踝、脖颈全被树枝刮伤。他顾不了自己的伤，他往前钻了三里地。然后，他看到了心爱的沙沙。

"天哪！这是怎么回事？"夷莎多大喊一声，猛扑了过去。

在夷莎多前面一棵长在石包边的冷杉上，美丽性感的沙沙直挺挺挂在那里。她的眼睛暴突，舌头长长地伸出嘴巴。她分明已经死亡。

夷莎多猛扑了过去，手执弯刀一个纵跳，无比利索地砍断了拴在沙沙脖颈的藤条。

他砍断了藤条，然后在空中接住了沙沙。

“沙沙！沙沙！”他抱住沙沙一直摇，一直摇。

他希望沙沙奇迹般复活过来。

沙沙没有奇迹般复活过来。

“你这是怎么了？你怎么可以这样离开我呢？哦，对了！嘎达？嘎达哪里去了？嘎达杀了你吗？这个忘恩负义的嘎达……”夷莎多开始哭。

他的哭声震天撼地。

他的哭声在原始冷杉深处胡奔乱跑。他的哭声跌伤了脸，折断了臂，摔伤了腿。他的哭声在天上唱歌。他用哭声唱出来的歌是这样的：

天空
多么遥远，
黑黑的云
走着
冷冷的
大地
多么广阔
失去的爱
站着
凄凄的
山冈与河流
相依相偎
超越自身的情
跑着
悠悠的

夷莎多紧紧抱住沙沙。

他哭了整整一个下午。当天色一暗一暗地来到冷杉的顶空，他差不多哭得只剩了一具空空的骨架。

他两眼空洞，表情麻木。他抱着沙沙的尸体坐在一阵阵阴冷的冷杉下，不知该回家还是继续坐着。

“扁罐罐！扁罐罐！”在天色的一暗一暗里，一只竹鸡来到夷莎多相隔五米远的地方。它在夷莎多与沙沙周围十分好奇地走来走去。它并不畏人。

夷莎多抱着死了的沙沙一脸麻木地站了起来。他不知道嘎达强暴了沙沙，但知道沙沙的死肯定与嘎达有关。他准备先安葬了沙沙再去寻找嘎达。

他要让嘎达血债血偿。

五只黑熊不离不弃，它们一直跟在夷莎多的身后，它们一直把抱着沙沙的夷莎多护送回家。

夷莎多到阿了山竹笆房前面的洋芋地时，天空已经全黑。

他把沙沙抱回竹笆房平放在宽大的竹床上。

他宰杀了三只绵羊作为牺牲。他把三只绵羊的肉煮熟了后全装在木盆里祭奠给沙沙。

沙沙的尸体在竹笆房里停放了一个晚上。

第二天，夷莎多一个人把沙沙的尸体背出去火葬。

阿了山除了夷莎多，其实没有其他人。从背尸体到烧尸体，从烧尸体到堆坟头，从堆坟头到抹眼泪，这一系列全由他一个人完成。

他哭了一个下午，一个晚上，一个白天。

他的眼泪已经哭干。

他的灵魂走在爱与恨的路上。

沙沙被埋葬在阿了山那块向阳的苦荞地边。

那块苦荞地是沙沙自己开垦出来的荒地。夷莎多希望沙沙的灵魂看着自己开垦出来的苦荞地一次次获得播种，一次次获得丰收。

他埋葬了沙沙后，就径直回到自己的竹笆房里去了。

他在自己的竹笆房里不吃不喝地死睡了三天三夜。

那死睡的三天三夜里，他什么都想，也什么都不想。

三天三夜后，他醒过来了。他把阿了山上一百五十只绵羊全赶到自己五年前走过来的金沙江南岸。他用一百五十只绵羊换得了一百零八锭官银。他用一百零八锭官银换得了一杆三八大盖、一支驳壳枪、两百发三八大盖子弹、五十发驳壳枪子弹。

他没有了沙沙，再一次什么都不怕了。

他回到阿了山。

他一把火烧掉了嘎达住过的竹笆房。

他带着一长一短两支枪去寻找嘎达。

他在阿了山周围三十里地找了三遍，但没有找到嘎达。

他没有灰心。

第十五章

夷莎多在阿了山周围找嘎达找了三年。

三年里，他开辟了一条从金沙江沿岸到阿了山，从阿了山到更高更深的原始密林深处的克提氏的路——夷莎路。

他用一长一短两支枪控制了这条路。

一大早，他从竹笆房里出来刚走到夷莎路就遇上了一对二十岁左右的年轻男女。那男的眉清目秀，一表人才。那女的端庄秀丽，凹凸有致。他们一大早走到夷莎多开辟出来的夷莎路上。他们应该走了一晚上的夜路。他们看到了夷莎多，但不知道夷莎多。他们对夷莎多没有半点礼貌。

“你们往哪里走?”夷莎多看了看他们，问。

“不往哪里走。”男的回答。

“你们有什么贵重的礼物可敬献给我吗?”夷莎多色眯眯地看了一眼女的。

“没有。”男的瞟了夷莎多一眼。

“那留下人吧!”夷莎多叹了一口气。

“什么人?”女的不解。

“不是什么人。”夷莎多把驳壳枪拿在手里。

“你要留下我们。”男的看了看夷莎多手中的驳壳枪。

夷莎多点了点头。

“那真是太好了!”

那对男女，男的叫卡特，女的叫妞妞。夷莎多说把他们留在阿了山，他们不但不发愁，反而显得很高兴。他们的眼睛里流露出莫名其妙的感激。他们走上前来，一下子围住了夷莎多。

他们把夷莎多当作了恩人。

夷莎多冷冷地说："你们不知道留下是什么意思吗？"

"知道啊，你留下我们，意思就是收留我们；你收留我们，我们感激不尽啊！"卡特和妞妞争先恐后地回答。

"你们无家可归？"

"不是无家，是有家不能归。"妞妞低下漂亮的脸孔无比小声地回答。

"私奔的？"

卡特和妞妞点了点头。

他们点完头，然后用求助的眼神望着夷莎多。夷莎多知道他们的心思，但也不想做什么大善人。他看着端庄秀丽，凹凸有致的妞妞，想了想，然后道："你们若留下人，可要付出一定的代价的。"

"什么样的代价？"卡特问。

"一，让妞妞陪我睡觉。"夷莎多说。

"第二呢？"

"承担阿了山上所有的农活。"

卡特和妞妞的脸孔上一团一团的感激凝固了。他们不知道该怎么办？他们从夷莎多身边蹲坐了下来。他们蹲坐了一袋烟的工夫后站了起来。

"那我们还是走吧！"

"不能走。"夷莎多的驳壳枪举了起来。

"为什么？"妞妞扑闪着漂亮的大眼睛，问。

"你们没有留下该留下的。"

"什么是该留下的？"

"过路费。"夷莎多逐字逐句地说。

"这条路是你的？"卡特指着脚下的路问。

卡特和妞妞来自遥远的弥雷氏。他们东躲西藏地走了三个月才走到阿了山。他们不知道阿了山，不知道夷莎多，不知道夷莎路。他们天真地认为，天下的路是天下人的。他们不知道天下的路可以属于某个人。他们东躲西藏了三个月，他们身上揣的银两早已花光。他们摸遍了自己的全身，找不出所谓的过路费。

“那就留下人。”夷莎多重复了一遍之前说的话。

卡特和妞妞已身无分文，再往前走差不多也是死路一条。他们干脆就留了下来。夷莎多只是让妞妞陪睡，并没有说拆散他们。夷莎多的身上穿着一件黑色的羊皮大褂，羊皮大褂上佩有一长一短两支好枪。夷莎多面孔虽然清瘦，但从其挺拔的身材、结实的肌肉、深邃的眼睛里可以看出，他不是一个普普通通的人。他们跟着夷莎多，差不多也就跟着安全。

他们跟着夷莎多来到阿了山。

他们在夷莎多的竹笆房左侧修建了另一座竹笆房。他们负责耕种阿了山上那些一度荒芜了的大部分土地。他们与夷莎多相处融洽。

他们在阿了山上生下了第一个儿子——刹聂。

刹聂其实就是乌嘎的爷爷。

从卡特和妞妞开始，阿了山前前后后来了三十二户人家。他们中有的是为了躲避债务，有的是为了躲避仇家。他们三五成群地来，三五成群地留下。他们成了阿了山地地道道的山民。

一年，两年，三年。

夷莎多因为有夷莎路，一不小心成了山里山外有钱有势的大户。

他成了山里山外有钱有势的大户后，麻烦事就越来越多了。

首先，他三十三岁了，但还单身。

他的单身引发了阿了山周边九大氏族的兴趣。

九大氏族分别是居住在金沙江沿岸的马里氏、卢氏、可伊氏、虎氏和居住在阿了山背后的呷其氏、洛氏、牧姿氏、弋获氏、土氏。

他们费尽心思。

他们派出了当地最知名的媒人。

他们派出的媒人一次次乘兴而来，败兴而归。

媒人们在阿了山上看了一次次的黑熊，然后带着黑熊的面孔一次次回去报告自己的主人。他们来来去去久了，后来差不多也就累了。

他们累了，阿了山周边九大氏族对夷莎多的兴趣就变成仇恨了。

他们看见夷莎多占据着从金沙江沿岸到阿了山，从阿了山到更高更深的原始密林深处的克提氏的夷莎路并一次次获得了过路费，从内心生出比山高比水长的妒火。他们不去想夷莎多开辟这条路时所付出的艰辛劳动，他们一心想分阿了山夷莎路一杯羹。他们没有分到阿了山夷莎路的羹，便暗地里组织人马前来偷袭。他们烧了阿了山上刚修建起来的三座竹笆房。

这一切夷莎多早已料到。

他临危不乱。

他站在阿了山中间高凸的大磐石上指挥战斗。他组织了二十三位阿了山山民有效地阻击了前来偷袭的人马。

他让阿了山周边九大氏族的人知道了阿了山的厉害。

阿了山从一座人迹罕至的山到有了夷莎多和沙沙的山，从有了夷莎多和沙沙的山到有了嘎达的山，有了嘎达的山到有了夷莎路的山，从有了夷莎路的山到有了卡特和妞妞等三十二户山民的山。

阿了山的名声越来越响亮。

阿了山的地理位置越来越重要。

夷莎路成了从金沙江沿岸进入大山深处的咽喉要道。那些欲进入大山或走出大山的山民们无不需要借道一过的。那借道就需借道费，也就是所谓的过路费。那些年，山里山外的庄稼收成都不好，他们借阿了山夷莎路互相抢来抢去。他们的抢来抢去没有富到自己，却一次次富到了掌管着阿了山夷莎路的夷莎多。我们何不直接抢了这条道呢？他们想。他们的想只能归为白想，他们的想没有任何意义。他们抢不了夷莎路。他们每次借道夷莎路，身上的武器和财物全都先交出来的。他们根本找不到机会下手。

在四季轮回中，时间走过了八年。

八年里，山里山外出现了二十一条以氏族命名的路。它们分别是马里路、卢氏路、可伊路、虎氏路、呷其路、洛氏路、牧姿路、弋获路、土氏路、克提路、色母路、瓦苦路、张氏路、赤黑路、青特路、热尼路、巴姆路、沙马路、正毛路、久氏路、番氏路。这些路从山里到山外，从山外到山里，一条连着一条，一条缠着一条，就像夏日里一张张硕大的蜘蛛网，有长的，有短的，有弧形的，有弯曲的。路是大山深处另一种生财之道。

有路无路成了大山深处各家支氏族某种不确定的荣耀、时尚、身份与象征。

然后，阿了山发生了三次战争。

第一次战争是为了一个叫祁特以的男人。

那年，夷莎多四十一岁。他在阿了山修建了一座公馆，叫阿了公馆。公馆占地十五亩，有花园，有楼亭，有会客大厅，有休息室。白天，他带领组建九年多了的夷莎路收费队在夷莎路各个要塞设卡收费。晚上，他在公馆里休息，随便处理一些阿了山村庄里繁杂的日常事务（当时，阿了山固定山民已发展到九十一户）。他忙来忙去。他不知道自己为什么忙来忙去。从春天到秋天，从夏天到冬天，他一直忙忙碌碌。

阿了山上的雪花在自己的世界里一朵朵飞舞。

他走出宏伟美丽的阿了公馆，然后站在雪花里发呆。

他在想念自己的父母，自己的爱人。

他在阿了公馆前面的空地上呆呆地站了一上午。

这时，夷莎路收费队队长芝马莱风尘仆仆地跑来了。芝马莱一边跑一边喊："不好了！不好了！金沙江沿岸居住的马里氏、卢氏、可伊氏和虎氏组织大队人马打过来了。"

"你说什么？"夷莎多没有听明白芝马莱的意思。他与金沙江沿岸居住的马里氏、卢氏、可伊氏和虎氏并没有什么深仇大恨，他们没有理由组织大队人马攻打过来。

"因……因为……祁特以。"

芝马莱二十七岁。他十五岁那年在河南嵩山少林寺学过武，后来在刘湘手下当过兵。当时，全中国各地到处都在打仗。他由于误伤了自己的战友，被刘湘遣送回家。他的老家在河南郑州。他还没有回到家，日本鬼子就打到河南郑州了。他跟随逃难者来到金沙江沿岸。他来到了阿了山。他成了阿了山上夷莎多开辟出来的夷莎路的收费队队长。他是阿了山上实实在在的第二把手。他十分尽职尽责。

他不是别人。他是芝栀黎亲亲的祖父。

"祁特以是谁？"夷莎多走上前去。

“一个过路的。”芝马莱回答。

“他没有给过路费？”夷莎多看了看芝马莱的脸。

“不是。”芝马莱摇了摇头。

“那为什么因为他？”

“因为他杀了可伊氏的儿子。”芝马莱肯定地回答。

他们正说着，祁特以已来到身后。他身上什么武器也没有。雪花一直在飘，他来到夷莎多面前：“夷莎老爷，你可得救我！”

“我为什么救你？”夷莎多的口吻像一朵飘飞的雪花。

“因为我可以留下来。”

“你会什么？”

“打仗。”

“当过兵？”

“土匪。”

祁特以是土匪出身。他一脸横肉，眼珠暴突。他差不多四十五岁。三年前，他在一次土匪之间抢山头混战中吃了败仗，他来到居住在金沙江沿岸的可伊家。他本想隐姓埋名过自己的后半生。可是，他天天受到可伊家三公子可伊社尼的欺辱。可伊社尼把他当牲口对待，他忍无可忍，终于有一天，他杀了可伊社尼。他逃到了阿了山。

他刚进入夷莎路，可伊氏组织动员起来的马里氏、卢氏和虎氏的大队人马就追到阿了山下了。他马上解下了身上唯一值钱的宝贝——驳壳枪交给了芝马莱。那是他从可伊社尼那里抢来的。他交了驳壳枪，然后顺利进入了属于夷莎多的阿了山。

“你可以留下。”夷莎多想了想，答应了祁特以。

“不可以，老爷！”芝马莱走上前来挡住了夷莎多。

“为什么不可以？”夷莎多推开了芝马莱。

“祁特以身上有人命债。”

“不怕。”

夷莎多带着芝马莱前去会马里氏、卢氏、可伊氏和虎氏。他向马里氏、卢氏、可伊氏和虎氏提出了用银两赔偿可伊社尼命债的事。

可伊老爷火冒三丈："钱钱钱！你有的是钱，但我们不需要钱。"

"人死不能复生哩，可伊老爷。"夷莎多做了个十分无奈的动作。

"杀人偿命，这个道理你应该知道。"

"这个知道。"

"知道还不让开一条路来。"

"这个不行。"

"把人交出来也可以。"

"这个也不行。"

"这也不行，那也不行，夷莎多，你到底想做什么？"

"我也不想做什么。"夷莎多的身上背了一长一短两支枪。他在两支枪的衬托下显得威风凛凛的。

他并没有把马里氏、卢氏、可伊氏和虎氏的大队人马放在眼里。

"如果我们强攻呢？"

"我会组织人马防守。"

"祁特以你救定了？"

"是。"夷莎多点了点头。

马里氏、卢氏、可伊氏和虎氏的大队人马开始强攻。他们手上的枪支不多，但人多。他们手上长长短短的枪支全加起来只有三十支，但人马有三百多人。他们大部分人手中的武器是大刀、长矛、弓箭、斧头。他们"咿咿呜呜"地呐喊一阵，然后向夷莎多站着的夷莎路冲来。冲在最前面的是可伊老爷，可伊老爷的背后是可伊社其和可伊社度。他们一边冲一边开枪。他们打过来的子弹在夷莎多头顶上一颗颗呼啸而过。

夷莎多镇定自若，慢吞吞端起了身上背着的三八大盖。

他的身边，荷枪实弹的夷莎路收费队队员有五十五人。他们人数不多，但个个本领高强，枪法极准。他们在夷莎多的指挥下，个个隐身于夷莎路两边的石碑后。他们你一枪我一枪地开枪回击。他们的开枪回击让马里氏、卢氏、可伊氏和虎氏的大队人马躲藏在夷莎路下方的土坎下方头都不敢抬一下。

"你来干什么？"

“帮忙。”

“帮谁的忙？”

“自己的。”

雪花在枪声中绵绵密密。祁特以冒着雪花来到夷莎多的身边，他要求参加战斗。夷莎多想了想，答应了祁特以的请求。

“可伊老爷，怎么做缩头乌龟了。你不是要为自己的三公子可伊社尼报仇吗？我就在这里，你快来杀我啊！”祁特以在芝马莱手里拿回了自己的驳壳枪。他高举着驳壳枪站在石碑前面向可伊老爷喊话。他脸上的横肉一跳一跳的，两颗暴突的眼珠子杀气腾腾。

“祁特以，你不要嚣张！我马上上来取你的狗命。”可伊老爷身先士卒，他抱着一杆汉阳造88式步枪翻出土坎向上方冲来。

他并没有冲到祁特以的前面。他向上冲了三步左右就被芝马莱一枪打中肩膀了。他一个趔趄，从土路上方滚了下去，骨碌碌的，像一个圆形物体，直接滚到先前藏身的土坎下。

“可伊老爷，那中枪的滋味可好！”

“好……好得很……一会让你亲自尝尝！”

“砰！砰砰！！砰砰砰……”

在可伊社其和可伊社度指挥下，马里氏、卢氏、可伊氏和虎氏的大队人马再一次采取了强攻。由于夷莎路狭窄陡峭，他们的强攻得不到应有的效果。他们没有击溃夷莎多他们，大队人马反而在强攻中被夷莎多他们打伤了七八个。

“他们进攻时随便吓吓他们就行了。”夷莎多并不想与马里氏、卢氏、可伊氏和虎氏结太多的怨仇。他命令芝马莱不准往死里打。马里氏、卢氏、可伊氏和虎氏的大队人马不向他们强攻，他们就猫在石碑背后不开枪。

“夷莎多，我们不怕死！”可伊老爷肩膀上中了一枪，但并没有危及生命。他躲在土坎下向夷莎多喊话。

“我们也不怕。”夷莎多不骄不躁地回答。

雪花越来越密，天空在一寸寸暗黑。夷莎多与可伊老爷互相僵持着。

他们僵持得越久，那些受伤了的马里氏、卢氏、可伊氏和虎氏的人就越受不了。他们从中午僵持到下午，最后可伊老爷自己也受不了了，他从土坎下钻出来："夷莎多，你给我听着，这笔账我先给你记下。"

"有本事现在就冲上来要噻！"祁特以并不是什么好茬儿。他看见可伊老爷败退了，便从石碑背后站到石碑上。他代表夷莎多回答可伊老爷。

祁特以站在石碑上刚回答完可伊老爷的话，一声无比干脆的"砰"后，飞来了一颗子弹。那颗子弹正不偏不倚打中了祁特以的胸膛。

祁特以摇晃两下，本还想说点什么，但什么都没有说就被夷莎多从石碑上拉了下来。

祁特以躺在石碑下喘气，他没有想到可伊老爷还会这一手。他的一只手撑在地上，一只手按住被打伤的胸口躺着。夷莎多与芝马莱蹲在他的身边。他们从心底里暗暗发笑。祁特以的运气还算不错的，他被打中了胸膛，但没有伤及心脏脾胃。那一颗子弹自己从祁特以的右前胸进入，然后直接右后背出去了。

砰砰！！砰砰砰！！！

一片片越来越大的雪花里，马里氏、卢氏、可伊氏和虎氏的大队人正退回老家。他们在撤退之前胡乱开了一阵枪。可伊社其和可伊社度走在大队人马的最后面。他们一直模仿中了枪的祁特以的口吻喊："有本事现在就冲上来要噻！"

阿了山与可伊氏的战争持续了三个月。

三个月里，可伊氏采取过偷袭。由于阿了山山高谷深、道路崎岖，他们的偷袭没有得到应有的效果。然后，他们使用金钱收买，美色诱惑。他们托人带了一羊皮口袋的银锭专门前来买祁特以的人头。夷莎多坐在阿了公馆里，看了看来人，也看了看银锭，摆了摆手道："阿了山不缺银锭。"

"那阿了山缺什么？"来人的眼珠子骨碌碌地转动。

"骨头。"

"什么样的骨头？"

"硬的骨头。"

夷莎多不喜欢祁特以的嚣张，但喜欢其坚硬的骨头。

他喜欢祁特以的敢作敢为、不怕失败、不惧权威的性子。再说了，阿了山也需要这样的人才，假如这样的人也应该称为人才的话。

祁特以不是别人。他是张英的亲戚，祁穆雷的曾爷爷。

可伊氏见银锭买不到阿了山祁特以的人头，便使出美人计。

他们派出了可伊氏族群里最漂亮的女子花拉拉。

花拉拉身姿曼妙地来到阿了山。

她在阿了山待了三天。然后，她滚回下山去了。

可伊氏不知道阿了山不缺美女。

她来到阿了山，看到了阿了山上来自不同地域不同姓氏的美女，一时间自惭形秽。

她并没有施展出该施展的本领就被阿了山淘汰了。

她灰溜溜滚下山去，从此不敢言美，低调安居。

三个月后，阿了山与可伊氏的战争有了结果。

阿了山赔偿了可伊氏七十七锭官银，招待了马里氏、卢氏、可伊氏和虎氏三头牯牛、三坛白酒。

他们约定，此后，阿了山与可伊氏不再打来打去。

第十六章

阿了山第二次战争由路引发。

阿了山周围以氏族命名的路没有统一的收费标准。马里路、卢氏路、可伊路、虎氏路、呷其路、洛氏路、牧姿路主要以收取过路者所带货物的保价费为主，货物的多少与贵重直接决定了所支付的保价费的多少。他们对一般过路者的过路费收得很低。弋获路、土氏路、克提路、色母路、瓦苦路、张氏路、赤黑路、青特路与前面的路恰恰相反。他们主要收取一般过路者的过路费为主，一个过路者收取三两白银。他们对过路者所带的货物倒兴趣不大，仅象征性地收取一点，而且还按过路者的意愿。热尼路、巴姆路、沙马路、正毛路、久氏路、番氏路与前面两种路又大不同。他们主要以收取过路者的猪脑壳、燕麦、大米为主。阿了山夷莎路收取过路费在以上三者之间。他们什么都收，也不一定什么都收。山里山外出现了二十一条以氏族命名的路后，阿了山便成了路与路之间的中转站。那些从山里到山外，从山外到山里，一条连着一条，一条缠着一条，就像夏日里一张张硕大的蜘蛛网的路，有长的，有短的，有弧形的，有弯曲的，其实差不多就是阿了山的财路。阿了山周围的路再增加二十一条，其实还是离不开夷莎路这条咽喉要道。

因为环境与地理位置，山里山外二十一家有路的氏族在自己的路上经营了三年半，最后贫穷的还是贫穷，富有的还是富有。

“为什么总比不了阿了山夷莎路呢?”他们想。

他们提出了路与路之间应该统一收费标准的建议。

路与路看起来差不多，但统一收费标准却有些困难。他们接二连三地派出各地使者到路与路之间调节。他们派出的使者没有得到确切的回答。那个黄昏，他们派出的使者来到了阿了山，找到夷莎多：

“夷莎老爷，俗话说，没有规矩不成方圆，目前，路与路之间收取过路费的方式五花八门，统一收费乃大势所趋。你是明智之人，我想你应该支持统一收费的建议。”

夷莎多裹着一件羊毛披风：“我们肯定支持你们路与路之间的统一收费。”

“那你呢?”

“放弃收费。”

“你真放弃收费?”

“君子一言，驷马难追。”夷莎多从座位上站了起来。

“这事好像不对。”使者抓了抓自己的脑门，然后沉思。

“有什么不对?”

“好像也没什么。”使者想不出有什么不对。

夷莎路不收取过路费后，山里山外二十一条以氏族命名的路就开始统一收费了。他们的统一收费让过路费少去了一大半。山里山外大部分过路者宁愿绕道而行，也不走他们的路。其实，也不是不想走他们的路，主要是拿不出那统一过后的过路费。之前，他们收取过路者的过路费五花八门，其实正好照顾到了各条路周边的山民。现在，他们统一了过路者的收费标准，各条路周边的山民就有些为难了。他们开始抵制过路，或干脆不过路。

山里山外二十一条以氏族命名的路为了平衡利益，最后失去利益。他们不知道这个世界上没有可以平衡的利益，就像没有公的蚯蚓。

他们把这一切归咎于阿了山。“就是因为阿了山夷莎路放弃了应该有的收费。”他们想。他们派使者到阿了山，夷莎多爱理不理。

他们再派使者到阿了山，夷莎多还是爱理不理。

“夷莎多分明是故意作难!”他们咬牙切齿地想。

他们每条路派出了四十人马，准备攻打阿了山。

他们二十一条路出的四十人马加起来就是八百四十人。

“老爷，我们被包围了。”

阿了山的天空时不时飘来毛毛细雨。举目四望，雾气氤氲，接天连地的原始森林包围着阿了村庄。夷莎多坐在阿了公馆一边喝茶一边看书。他看的书不是什么实用的书，他看的书是一部手抄的《水浒传》。他从七岁读私塾识字开始，就一直喜欢看《水浒传》。他喜欢《水浒传》里面男人们的洒脱，女人们的花心。他手中的《水浒传》刚翻到前三页，祁特以就气喘吁吁地跑来了。他站在夷莎多坐着的茶几前平衡了一下气息，才开口报告：“老爷，二十一条路的人马把阿了山包围了，我们咋办？”

阿了山夷莎路放弃收取过路费后，阿了山夷莎路收费队改为夷莎路保路队。芝马莱是夷莎路保路队队长，祁特以是副队长。他们的手下只有一百五十人马，他们敌不过二十一条路加起来的八百四十人。

“先打起来再说！”夷莎多呷了一口茶，那动作温文儒雅的。他呷了茶，然后就打量着祁特以的满脸横肉。

“我们先打，还是他们先打？”祁特以暴突的眼珠子有些躲闪。

“走，我跟着你去看看！”

夷莎多跟着祁特以走出了阿了公馆。他们走了三袋烟工夫的山路，然后来到夷莎路下半段的路口上。

夷莎多在路口上看见了芝马莱。

在夷莎路下半段路口上，芝马莱正在指挥保路队队员修筑防御工事，他们在细雨绵绵里修得满头大汗的。

“二十一条路来进攻过吗？”夷莎多走上去问。

“没有。”芝马莱回答。

“为什么没来进攻呢？”

“可能是想围而不攻吧！”

“这样啊，”夷莎多想了想，“祁特以，进攻的事就交给你吧！”

“交给我？”祁特以暴突的眼珠子奔跑着不解，“我们进攻不是自找死路吗？”

“不一定。你不是土匪出身吗？你要好好发挥自己的优势，随时进攻随时撤退，让敌人摸不着头脑。”

“万一撤退不了呢?”

“那说明你该背时。”

因为阿了山夷莎路易守难攻，二十一条路围而不攻。祁特以当天晚上就主动出击。他带领了三十一位精兵强将偷袭了二十一条路。二十一条路没想到阿了山会主动出击，没有防备，死伤四十。

“打得好！就是这样打的。”祁特以当天晚上的主动出击让夷莎多很满意。

“主要是夷莎老爷你指挥得好。”祁特以表现出从未有过的谦虚。

夷莎多叫芝马莱继续修建好防御工事，叫祁特以抓住时机随时偷袭。

祁特以带领三十一位精兵偷袭二十一条路偷袭了三次，二十一条路死伤了八十九人。二十一路各路的首领再也坐不住了，他们带领各自的队伍抢先进攻阿了山。

细绵的雨，淡淡的雾，雨与雾中间一丛丛深绿的矮灌木沾满泪痕。在一丛丛深绿的矮灌木中间，一条半人宽的山路隐隐约约摇晃在悬崖下端，那是夷莎路的下半段。夷莎路的下半段过去是山更高谷更深的原始密林深处的克提氏。二十一路的人马就聚集在克提氏的地盘上。

二十一路把人马分成了三拨。

他们的第一拨人马穿过雨与雾中间一丛丛深绿的矮灌木，在一丛丛矮灌木的掩蔽下开始进攻。他们一边进攻一边大喊自己先祖的大名。他们先祖的大名在夷莎路下半段的雨雾里骑着骏马跑来跑去。骏马的后面跟随一声声悦耳的枪声。

一阵阵悦耳的枪声此起彼伏地响起。芝马莱带领保路队队员隐身在修建好的防御工事背后，个个荷枪实弹。他们的旁边半蹲着夷莎多。他们在等待夷莎多的命令。

“不要慌！二十一条路的人马走近了我们再打。”夷莎多是天生的军事家。二十一条路的人马在一丛丛矮灌木的掩蔽下已经走进夷莎路保路队队员们的射击范围内了。

保路队队员们没有开枪射击，二十一条路的第一拨人马倒是走一步开一阵枪。他们的开枪本可能是为了壮胆，但在无意识中暴露了自己。

“只有三丈的距离了。”

“再放进来一丈五。”

“那样会不会有危险。”

“没有危险。”

二十一条路的第一拨人马近了，一步步走进一丈五的距离范围内了，夷莎多让芝马莱他们开始开枪射击。芝马莱他们早已按捺不住，一听到夷莎多的命令就狠狠地开枪射击。他们把枪膛里的子弹全打光，然后又满满压了一弹匣的子弹。二十一条路的第一拨人马掩蔽在矮灌木背后，他们以为矮灌木会给他们挡住子弹。那一簇簇深绿的矮灌木没有二十一条路的第一拨人马想象得那么耿直，在矮灌木叶片的左翻右摇中，二十一条路的第一拨人马差不多成了活靶子。他们开的枪打不中夷莎路保路队队员，夷莎路保路队队员开的枪弹无虚发。他们全趴在狭小的山路上一步步往后退。

第一拨人马被打退了，第二拨人马就应该上场了。这是二十一条路商量好的，其实就是车轮战法。第二拨人马与第一拨人马差不多，他们还是在一丛丛矮灌木的掩蔽下向芝马莱他们靠近。

这次，二十一条路的人没有开枪。他们让四位身强力壮的人举着一张又厚又重的青冈木挡板走在前面。他们的前进速度无比缓慢，但十分沉稳、安全。他们没开一枪，就直接走进了夷莎路保路队队员们的射击范围。

“开枪吧！”芝马莱向夷莎多请求。

“好！”夷莎多答应了芝马莱的请求。

夷莎路保路队队员们开始开枪射击。他们打出去的子弹一颗颗落在青冈木挡板上，当当当的，就像敲羊皮鼓。他们打出去的子弹没有阻挡住一直向前移动的青冈木挡板。

人马顺着狭小的山路离夷莎路保路队队员们越来越近。那一刻，夷莎路保路队队员们的心越来越慌、越来越乱了。

他们在想办法。他们想不出办法。

砰砰砰！砰砰砰……

二十一条路的第二拨人马与芝马莱他们只剩了一丈的距离，他们开始对射。他们打出的子弹在夷莎路下半段呼啸而来呼啸而去。他们各有损伤。

天色渐渐黑下来时，他们双方都停止了射击。

夷莎路下半段云雾迷蒙的，他们看不见对方，开枪射击只会浪费子弹。

夷莎多走到祁特以身边："祁副队，现在就看你的了！"

"老爷，你放心，我不会让你失望。"

祁特以带上三十一位精兵悄悄离开了夷莎路下半段的防御工事。

他们掩着夜色一步步靠近二十一条路的第二拨人马。

他们与二十一条路第二拨人马近距离展开射杀。他们的出其不意让二十一条路第二拨人马一下子慌了手脚。二十一条路第二拨人马举枪乱射，死的死，伤的伤。他们胡乱开枪一阵后，向克提氏的地盘溃逃而去了。

祁特以的三十一位精兵死了九位，伤了六位。他们退回夷莎路下半段防御工事后，夷莎多就叫芝马莱他们在防御工事两丈内打木桩。他们打了七十七根木桩。他们打的木桩有效阻住了第三拨人马的青冈木挡板。他们与二十一条路之间的战争打了一个月，最后双方都打累了，不了了之。

第三次战争由罂粟引发。

夷莎路不再收取过路者过路费后，夷莎多就把阿了山的发展转向农业。阿了山是一块肥沃的土地，种什么丰收什么。阿了山种出来的苦荞荞粒硕大，香甜可口。阿了山种出来的洋芋脚板般大小，无论煮吃还是烧吃，其味都香喷喷的。这一年，金沙江沿岸来了一位姓楚的商人，他们都叫他楚老板。他带来了罂粟种子，并教会了阿了山人种植罂粟，收割罂粟。

这一年，阿了山开垦了十八块荒地全用来种植罂粟。

后来，那一坨坨不起眼的土烟，全换成了一锭锭闪亮夺目的官银。阿了山周边的部落氏族倒遭了水灾，那些种植了苦荞、洋芋、燕麦、苞谷的土地全颗粒无收。他们想起了阿了山，他们想起了阿了山的土烟，他们想起了阿了山一锭锭闪亮夺目的官银。他们的心痒痒的，痛痛的，伤伤的。他们派了人换了装到阿了山来抢劫，他们派来的人被夷莎多身边的祁特以与芝马莱抓个正着。

“杀了吧！”芝马莱向夷莎多建议。

“算了。”夷莎多坐在一张龙椅上吃着一块热乎乎的荞粑。

“他们都抢到家里来了，怎么能可以这样算了呢？”祁特以一上来就踹了被抓住的抢劫者一脚。

“先让他说出自己的同伙吧？”芝马莱向夷莎多建议。

“对，这个很必要。”夷莎多吃完了半块荞粑。他一边抹嘴一边把剩下的半块荞粑搁在一旁的餐盘上。

“快说！”祁特以又踹了被抓住的抢劫者一脚。

“我说，我说，我们一起来的还有……”被抓住的抢劫者没有想象中那么骨头硬。他被祁特以踢了两脚就说出了自己的所有同伴。

“你们是哪个部落氏族的？”夷莎多问。

“我……我们……我们是……”被抓住的抢劫者吞吞吐吐的，说了半天也没有说出自己是哪个部落氏族。

“快说！不说清楚就把你们全杀了。”

“好吧，好吧，我说，我说。我们是龙基姆的手下，我们是龙基姆派来的。”被抓住的抢劫者终于说出了自己的主人。

“放了他。”

“好。”

龙基姆居住在阿了山背后一百里外的井底坝，他是井底坝龙氏家族的族长。他与阿了山平时没有往来，他怎么会突然想到派人来抢劫阿了山的土烟呢？夷莎多想了一下午，最后决定送一羊皮口袋罂粟种子给井底坝的龙氏家族。

周边二十一条路的氏族被阿了山得罪了，兵书有云，近攻远交，井底坝与阿了山相隔甚远，阿了山希望与井底坝龙基姆成为朋友。夷莎多送一羊皮口袋罂粟种子给井底坝的龙氏家族是善意的。

"阿了山是什么意思?"井底坝龙氏家族族长龙基姆在羊皮口袋里抓了一把罂粟种子仔仔细细地看了后问夷莎多派去的使者。

"一家人富有,不如大家一起富有。"使者一脸喜色。

"不会只有这个意思吧?"龙基姆把羊皮口袋推在一边。

"另外还有……"使者犹犹豫豫。

"还有什么?"龙基姆迫不及待。

"井底坝龙氏家族不是派了十二个人来抢阿了山的土烟吗?夷莎老爷的意思是与其成为仇人,不如成为朋友。"使者把夷莎多的意思全部表达了出来。

"井底坝龙氏家族派了十二个人来抢阿了山的土烟?这怎么可能?我们相隔那么远,还无冤无仇?"龙基姆五十多岁,一脸炭黑。

"这个我想也是。"

"那你们是专门黑井底坝龙氏家族的脸面的吧?"龙基姆一脸愤慨。

"这个真不是。"使者百般解释。

"那十二个抢阿了山的土烟的人呢?"龙基姆站了起来。

"已放。"

"往哪里放?"

"井底坝。"

"谎话连篇。"龙基姆从火塘上方气呼呼地走了过来,毫不犹豫地抡起一巴掌打在了使者的脸上。

"你怎么可以打我?"使者摇晃了两下,然后挺胸站立。

"打你?我还杀了你呢?"龙基姆从自己的腰间抽出了一把尖利的匕首。他用匕首尖在使者的鼻子上方轻轻地晃了晃。

"你敢?"使者瞪大双眼。

"我有什么不敢?"龙基姆真是够鲁莽的。他手中的匕首一扬,一下子割断了阿了山使者的喉咙。

当然,他更鲁莽的行为还在后面。

"你……你……你……"使者没想到龙基姆会来这一手,他摇晃了两下,然后倒在了血泊中。

“从今天开始，井底坝龙氏家族与阿了山全面开战。”龙基姆把井底坝龙氏家族全体人员一个不剩地动员了起来。

战争就这样开始了。

井底坝龙氏家族与阿了山各有优势。他们采用的战术是偷袭与骚扰。他们你偷袭来，我骚扰去。他们各有损伤。

他们打了整整五个月。

他们不知道为什么打，也不知道怎么引起的打。

他们第一次开打，是龙基姆把井底坝龙氏家族全体人员换装成走亲戚的山民。他们一拨拨走进阿了山，然后一拨拨以又累又饿加上天黑为借口在阿了山找住户歇息了下来。他们不是真的又累又饿，也不是真的天黑。他们想直接杀了夷莎多、芝马莱、祁特以，然后占领阿了山。

龙基姆的想法很好，但阿了山早知道他的想法。

他们刚住进阿了山，夷莎多、芝马莱和祁特以就带领夷莎路保路队队员挨家挨户把龙基姆的人一个个抓了起来。他们把龙基姆的人一个个全捆绑在阿了公馆前面的羊圈上。

龙基姆的人被抓完了，但龙基姆自己并没有被抓。

他像松鼠一样耸着尖耳，无比警惕。

他的大袖口上藏了一支驳壳枪，那驳壳枪随时可能伤人性命。

“还是让他自己走出来吧。”夷莎多对芝马莱说。

“好。”芝马莱和夷莎路保路队队员们隐藏在一堆蕨蒺草背后。龙基姆没走出房子来，他们就不进攻。

他们等啊等的，龙基姆没有走出房子，一堆堆莫名其妙的火倒是走出房子来了。

走出房子的火引燃了保路队队员们隐身的蕨蒺草。蕨蒺草半湿半干，没有想象中那么一点就燃，但一团团滚滚烟气把保路队队员们熏个半死。他们一个个从蕨蒺草堆里跑出来，流鼻涕掉眼泪的。他们站在蕨蒺草堆外三米处大口大口地喘气。

他们喘完气才想到房子里的龙基姆。

他们冲进房子去。

房子里空空如也。

房子里不仅没有龙基姆，连房子的主人也没有。

“难道龙基姆长翅膀飞了？”芝马莱在房子前气急败坏地走来走去。

他走了半袋烟的工夫，然后想到了阿了公馆。

“对！我们快去阿了公馆。”他带着夷莎路保路队队员们刚往阿了公馆跑，阿了公馆方向就传来了清脆的枪声。

那一刻，龙基姆已成功救下了自己带来的井底坝龙氏家族的全体人员。他们仗着自己人多，把夷莎多和祁特以围堵在阿了公馆里。当时正是黄昏。他们掩着越来越暗的天色一次次往阿了公馆里冲。

他们一次次被夷莎多和祁特以用三八大盖和驳壳枪打回。

“你们投降吧！”龙基姆站在公馆外面的一道土坎上喊。

“不投降。”夷莎多回答。

“不投降我就放火烧死你们。”

龙基姆以为芝马莱与芝马莱带领的夷莎路保路队队员全被火烧死完了。他手握一支火把站在公馆门外仰首挺胸。

“烧死我们也不投降。”

“为什么？”

“这里是我们的土地。”祁特以回答。

“还有呢？”

“没有了。”夷莎多回答。

“那好，你们受死吧！”

龙基姆的火把并没有点燃阿了公馆。

他听到了背后半里地处有嘈杂的脚步声。

他迅速命令龙氏家族全体人员转过身来展开防御攻势。

砰砰砰！砰砰砰……

芝马莱带领的夷莎路保路队队员们来得正是时候。他们迅速占领有利地形展开攻击，他们用火力把龙基姆的人压在阿了公馆前面的土坎背后。

他们互相对攻。

他们的对攻进行了三袋烟的工夫。他们没有谁输谁赢。

阿了公馆里冲出来两个人。他们的枪法极好，他们直接冲到龙基姆的背后开枪。

他们不是别人，是夷莎多和祁特以。

他们打乱了龙基姆的防御阵脚。

龙基姆带领自己的人在土坎下抵挡了一阵，然后向阿了山背后的原始森林里鼠窜而去。

阿了山与龙基姆第二次开打是在井底坝。

夷莎多叫祁特以带领五十精兵前去偷袭井底坝。

祁特以带领的五十精兵也换了装。他们换装成行走在路与路之间的商贾。他们来到一百里外的井底坝。他们刚到井底坝就被龙基姆看出了破绽。他们与井底坝龙氏家族的全体人员短兵相接。他们互有伤亡。

后来的一个多月，他们就是这样你偷袭过来，我偷袭过去的。他们的偷袭成了一种习惯。他们只要有一点空闲就组织人马互相偷袭。他们打来打去，一直打到第二年开春。

当时，二十一条路的人全种上罂粟了。阿了山周边没有路的各大小部落氏族也在种植罂粟。

罂粟在变魔术，一年内哗啦啦遍布了大山深处的每个角落。

后来，井底坝龙氏家族也种上罂粟了。

第十七章

我再一次来到阿了山。

我一路走来，目之所及，千峰叠翠、山势雄奇、胜境遍布。远望，阿了山岚光幻彩，烟霏林箐，苍蔼凌虚，高下混茫。近察，阿了山则杂树生花，野花似海，纷红似落，俪白参黄，呈争辉竞艳之趣。那一座座高挺的山峰迂回缭绕于高山雾海之中，忽隐忽现，如苍龙遨游九天，其峰群之集中，规模之宏大，造型之奇异恍如仙境。

我一路走一路感叹。

我一步三摇地走到夷莎多老人的竹笆房前。

阳光很好，空气不冷不热。

夷莎多老人席卷一件羊皮大衣坐在竹笆房前面的老核桃树下晒太阳。

他一边晒太阳一边等我。

他从两个月前一直等。

他终于等到我再一次回到阿了山。

“你还好吧?”我把夷莎多老人扶起来坐正。

“好，好。”夷莎多老人其实越来越不好。

“你会活到一百二十岁的。”我在夷莎多老人身边坐了下来。

“一百一十九岁都不一定活得到了。”夷莎多老人有自知之明。

“翻过年你就一百一十九岁了。”我在自己的迷彩包里掏了掏，掏出了一块德芙巧克力递给了夷莎多老人。

“这包装不错。”夷莎多老人在阳光下笑了笑。

"你吃吃看。"我替夷莎多老人撕开了巧克力上的包装纸。

"好，你那么远带来的，我一定尝尝。"

夷莎多老人的眼眶骨越凸越高，眼窝子越陷越深，眼珠子越变越小，灵气越来越淡。他全身上下那些一度钢铁般坚硬的肌肉掉光了。他正走在越来越萎缩的路上。他用颤抖的手接住炭黑的德芙巧克力，小心翼翼地咬了一小口。

他的表情相当复杂。

"好吃吗?"我问。

"有点像烧糊了的洋芋。"夷莎多老人回答。

我们在阳光下无比开心地笑。

"最近有一百位干部上阿了山来铲除毒品。"夷莎多老人说。

"难怪我一路上看不到一块罂粟地。"我深深地叹了一口气。

"你说这个毒品是铲了好，还是不铲好?"夷莎多老人用越变越小的眼珠子盯着我。

"铲了好。"我想了想，然后回答。

"今年的阿了山将失去大部分经济收入。"夷莎多老人一脸担心。

"不会的。"我揣着明白装糊涂。

"其实你知道会。"夷莎多老人咳嗽了两下，然后说道。

我不说话。

我不知道该说什么。

我适时保持了沉默。

"阿了山百分之八十的经济收入来自罂粟种植。"夷莎多老人看了看老核桃树上一条条正在开花的花穗，心情无比沉重地说。

"这个我知道一些。"我确实知道一些。

但是，知道如何，不知道又如何。阿了山山高路远，没有什么经济条件。过去，大家都穷，所以也没想到过致什么富。自二十世纪八十年代全国各地一步步实行改革开放，山外就一天天变魔术般富裕了。山里人也想富裕，但不知道怎么富裕。他们种植洋芋，洋芋一角钱一斤。辛辛苦苦一年下来挖一万斤洋芋所得的经济收入差不多也就一千块钱。他们种植苦荞，种植燕麦，种植圆根萝卜。他们种植的这一切都不值钱。俗话说，靠山吃山，靠水吃水。他们靠着最好的山，他们吃不了山。他们靠着最纯净的水，他们也吃不了水。他们想到了种植解放前让他们一度富裕过的罂粟。他们种了，他们终于有经济收入了。这十多年来，他们断断续续的，从来没有停止过种植罂粟。

"今年真有那么严吗?"夷莎多老人好奇地问。

"一直都严。"我的回答有点冷漠。

夷莎多老人一脸情深地望着右方上去的阿了山村庄。此刻，阿了山村庄稀稀拉拉的房舍上空炊烟缕缕，山民们可能开始煮下午饭了。那是他的村庄，他一手建立起来并发展起来的村庄。他知道村庄里所有的秘密；他知道村庄里所有孩子的出生；他知道村庄里所有老人的过世；他知道村庄里的每一个家族从哪里来，为什么来；他知道村庄里所有的女子嫁到了哪里，嫁去后日子如何。他望着阿了山村庄，望着望着，有时就会双眼饱含眼泪。那眼泪来自久远的时间，久远的往事，久远的路。他望着阿了山村庄，就像望着一位自己亲手养大的孩子。他的心中有无限的爱，也有隐隐的痛。

"沙茜走了没?"我问。

"走了。"夷莎多老人回答。

"她一个人走的?"我的声音里夹有一团一团的失落。

"不是，有个年轻男子把她接走的。"夷莎多老人"嘿嘿"地笑。

他"嘿嘿"地笑了后，精神一下子变好许多。

他站了起来。

他颤颤巍巍的，似乎还有点飘忽的感觉。

我跟在后面搀扶着夷莎多。我们走进半里地处的竹笆房。

竹笆房还是那座破旧的老竹笆房。我们勾着头走进木门去，然后在靠内方的火塘里生火煮饭。

竹笆房里一切摆设还是那么简单。举目四望，一张一米二宽的木床，一个靠近火塘内方的橱柜，一个装满洋芋的大篾筐，一口煮饭用的大锅，一个装水用的木桶，一把尖锄，两把宽锄。竹墙上，一件遮雨的蓑衣，一顶草帽，一把斧头，三把弯刀。

我们的晚餐并不复杂。

我们在火塘里支了一口大铁锅，在大铁锅里煮了一堆毛洋芋，在毛洋芋上放了两块荞粑。

毛洋芋与荞粑差不多煮熟了，夷莎多老人便在炭火里丢了七八根红红的辣椒。

我与夷莎多老人用烧煳了的辣椒下荞粑洋芋吃。

我们吃得津津有味的。

吃完晚餐，竹笆房外面的天就差不多黑了。

我站了起来。

“你不听故事了？”夷莎多老人问。

“今天不听了。”我在迷彩挎包里找东西。

“你准备去找沙茜吗？”

“嗯。”我在迷彩挎包里翻出了一本叶芝的诗集。

“她真的走了。”夷莎多老人叹了一口气说道。

“我只是想去看看。”

我确实只是想去看看。我在夷莎多老人的竹笆房里点了一支火把，独自一人走在阿了山村庄下去的山路上。火光一跳一跳的，有点像沙茜的眼神，也有点像古老的传说。

山路曲曲折折，并不宽敞。我差不多两个月没走过这样的山路了。我一边举着火把，一边小心翼翼地行走。我从阿了山村庄一路下来，吭哧吭哧的，像一辆即将报废的货车。我走了两个小时，换了三次火把，我终于走到阿了村小。

一根碗口粗的杉木高高挺立。杉木上端，一面红旗在哗啦作响。

红旗下面，阿了村小还是那么小，那么可怜，像没有母亲的孩子，像走失的羔羊。

我从学校后面进去。

我来到仅有一百二十个平方米的学校操场上。

操场四周，是三间可怜的教室与一间抱得动的教师宿舍。

三间教室和一间教师宿舍全是土坯茅草房。茅草房顶上，那些多年没有翻新的茅草早已破破烂烂，乍一看去有点像叫花子的衣服。

教室里没有学生，宿舍里没有教师。

我站在那里，站在学校操场上，手中的火把早已熄灭。

我似乎什么都想，又什么都不想。

“有一天你会看不到我的。”沙茜依偎在我的胸膛上，她的眼睛在我的脸上走来走去，闪闪躲躲。

“为什么呢?”我刚在沙茜美妙无比的胴体上得到满足。我不解，也不想解。

“缘吧!”沙茜的语气平淡。

“我们在一起不就是缘吗?”我抚摸了一下沙茜可人的额头，在可人的额头上亲了一下。

我们从相爱的第一天开始，在一起差不多已有七个月。

七个月里，我们在一起爱了三四次。

沙茜渴望爱，但没有完全爱。

我一直爱，但一直爱不停。

我们的爱算什么爱，我们自己不知道。我们没有去问别人。当然，假如去问别人，别人也不会知道。

我轻轻一推，就推开了教师宿舍矮小的木门。

木门内一片黑暗。我站在木门前犹豫不决。我站了两分钟，然后从裤包里摸出一个气体打火机。当火光幽亮，小小的教师宿舍内便弥漫了暗淡的往事。两步远的书桌上有一盏煤油灯，我点亮了煤油灯，我看到了宿舍内的一切。

宿舍内的一切我无比熟悉。我站在那里，第一眼看到的，是沙茜那张用石头搭建起来的木床。木床不大，上面沙茜的铺盖床单全在。沙茜是五天前走的，那铺盖床单上还弥留着她所有的气息与爱。我走过去，然后一屁股坐在木床上。我的心里有数不清的失落，有道不明的温暖与期待。我在期待什么呢？或许，在期待沙茜做梦般回来吧！

沙茜的书桌干干净净的，其上的书籍还在。那书籍有一半是我送给沙茜的。那书籍大部分是中外文学名著。比如《呼啸山庄》《百年孤独》《尘埃落定》《白鹿原》《城堡》等。

我在书桌一角发现了一本日记。那日记写在学生用的作业本上，用一块造型奇特的石头压着。

这应该是写给我的。我想。在微弱的煤油灯下，我坐在沙茜的书桌前，一页页翻开了沙茜写在学生作业本上的日记。

10月8日　星期三　雨

今天算个什么特别的日子吗？不算。

你在回省城的路上，我在想念。

偌大的操场只有我一个人。你说过的不要整个操场，只要我。

我的想念在院子里游移，变成天上涣散的云彩，变成一路微风追随你的远行。

有时候，我多希望我就是那一阵风，突然之间就在你的眼前，你的怀里。

亲爱的你，我在想你，你一定会知道的。

我是幸福的，至少能见到这样好的你。

昨晚，你喝醉了，我也喝醉了。若是没有别离的那一天，该多好！

我多想用所有的一切来爱你。

我多想随时在你面前撒娇，任性。

我在阿了山修炼好自己，迎接你，迎接我们的爱。

我相信爱在路上，在不远的未来，一定会到来的。

我的心真真切切地痛了一下。去年的十月八日，是我们在一起后第一次分别的时间。我合上日记本，沉默了三分钟，然后继续往后翻。

10月22日　星期三　阴云

我常常想，我该以怎样的姿态来爱你。

每个人都不该为了爱情失去自我，我也一样。

我爱你，想照顾你，想陪伴你，但并不意味着我失去自我。

什么是幸福？幸福就是有人陪，有人懂，有懂的人陪。

恰如这时候用灵魂遥遥相伴的你和我。

今天，我参加了阿了山一户山民的婚礼。那新郎穿着时尚的羊毛披风，那新娘全身上下全是银饰。

假如我们结婚，也会那样吗？

唉。

11月11日　星期二　晴

今天，光棍节，恰又是我的生日。

太阳很好，我诚惶诚恐地迎来了自己的22岁。其实，我有着年龄恐慌。因为我怕自己不再是青春少年，不好意思让自己像个孩子在你面前撒娇撒野。

早上我给自己煮了两个鸡蛋。以前小时候家里姊妹多，我们没有钱买生日蛋糕，谁过生日的时候就煮一个鸡蛋。有一年家里养了鹅，弟弟过生日的时候就有一个很大的鹅蛋，那时候我羡慕得不得了。

其实，我觉得十分孤独，没有亲人陪伴，没有爱人相依，生日过起来没有多大意义。

此刻，多希望你能陪在我身边，唱一首歌，给一个拥抱，那就是最幸福的。

我想你了。

我看到对面青翠巍峨的群山，那伟岸高大博厚的样子，多像你啊！

我的嘴角扬起微微的笑意。

你是我心灵归属的吉祥物，我有什么理由不开心，不幸福呢？

亲爱的，你一定要好好的，我等你回来。

12月21日　星期天　小雪

现在是晚上九点半，我还在给学生批改作业。

夜很静，连窗外的虫儿也不鸣叫。

没有月亮，还星星点点地下着雪。

我在一个人的世界孤单地想你。

假如窗外有风吹过，那一定是你的问候。

因为，你也想我了。

1月5日（注：时间已是第二年）　**星期一　大雪**

你来了，又走了。

没有你的一天，又开始了。

我浑浑噩噩、忙忙碌碌。

我亲爱的你，此刻在忙什么呢？

想念是一种轮回。仅仅一天没有你的言语，我就纳闷焦躁不安。

我突然之间好伤感，有点想哭，但只有仰望天空，朝着你的方向。那样，我的眼泪就不会掉下来。

有时，我真的是好累。我好想靠在你肩膀歇息，好想在你怀里撒娇。

我想躺在你的怀里，和你一起看书，和你一起漫无边际地说话。

有时，我真希望自己什么都不会，不用那么忙。

亲爱的，我在这里想你，也只想想你。

1月22日　星期四　雪后转晴

今天早上我打扫了满操场的落叶。

那是黄色卷曲的灵魂在院子里散落挣扎吗？我想。我有点伤感，也许是十多天没见到你了，心底的思念秋风乍起的吧。

当我想你的时候，你会不会知道呢？假如人的潜意识可以自带过滤功能，我多希望想起你的时候，把过去时光里所有的细节和温暖一次次放大。

我宿舍背后的树林里有鸟儿在叽叽喳喳。

我一颗空旷的心因为没有你无处安置。

我的心，就像落叶一样，在寻找温暖的归宿，希望有一阵风起，把我吹进你心里。

我希望这个世界只剩下时光如秋叶之静美，在爱的此生彼岸守候。

3月18日　星期三　小雨

此时此刻，我该说点什么呢？

他来了。他要带我走。我准备跟他走。

我没有你想象得那么强大。

我一个人在阿了山闲逛。

傻傻的，我一个人坐在宿舍里。

我觉得好累好累。

我好想在你的怀抱里安静地睡去，好想任你的手摸过我的脸。

你的手有神奇的力量，给我温暖，给我平静。

有时候我在想，爱情会有保质期吗？可能有，也可能没有。

我只是个小女人，只想完完全全地占有你。

老实说，亲爱的，你不是什么好茬儿。

3月27日　星期五　晴

我在犹豫。

我居然还在犹豫。

我犯规了。

我强烈地想你，想占有你的一切。

可是，我忘记了，爱情不是占有，不是拼命地获得什么。

你会写小说，会写诗歌，会使奇绝的言语，我会什么呢？我只会呆呆地想你。

我对心底里你的影子说你看深冬后田野里正泛绿哩，待到春暖花开，这个世界的美就会像你想象的一片橙黄。

那时，我希望自己像一只蜜蜂一样在你的耳畔一直飞一直盘旋。

太爱一个人也是一种不对，我深知深爱不寿的道理。

可是，我什么时候滑向了占有欲的深渊，我自己竟然毫无察觉。

我是卑微的女人，不自信的女人，优柔寡断的女人。

你会不会正走在来阿了山的路上呢？你会不会给我带来一颗拙朴的太阳呢？唉。

4月15日　星期三　雨

今天上午一直等你。

我觉得好冷清好无聊好孤单。

这时，你应该就在来阿了山的班车上了吧。

对了，昨晚我梦见你了。你瘦了，又黑又瘦。

那一刻，我在想，你喜欢我什么呢，或者我喜欢你什么呢？

4月27日　星期一　晴

我走了。

我跟着他走了。

我不想再欺骗自己。

我相信你会来阿了山的，只是我等不了了。

我的一切全在阿了山。

但是，我不会回来了。

我不会留下任何联系方式。

你再也找不到我了。

我看到这里，一颗颗拇指大小的眼泪就排着队冲出眼眶来了。我的心长了草般，不自在，不舒服。我想说点什么，或者做点什么。但是，我找不到什么说的，也找不到什么做的。沙茜的日记本后面还有三页，那三页也密密麻麻写满了字。我翻了翻，没有往下看。我看不下去了。我的眼泪在瘦黑的脸孔上驰骋，我的心在莫名其妙地撕裂。为什么会这样呢？为什么会这样呢？我一次次问自己，一次次得不到答案。我在沙茜狭窄的宿舍里走来走去。我不知道自己为什么走来走去。

当我做着这一切的时候，美丽绝伦的四位女巫在自己的世界里开始发话了。她们分别是蓝色女巫、红色女巫、黑色女巫和白色女巫。她们年龄中最大的二十二岁，最小的十七岁。她们并不认为自己就是女巫。她们你一句我一句说着我的不是。

“看看，除了走来走去，你还能做什么？”这次，第一个说话的是乌嘎。她是红色女巫。

“做爱吧！”芝栀黎不怀好意地回答。她是黑色女巫。

“其实也可以做做其他的。”沙茜笑了笑，伤感地说。她是白色女巫。

“做什么都无所谓，只要实实在在。”张英在洁白如雪的围巾上轻轻抚摸。她是蓝色女巫。

她们说完了，在互相看来看去里慢慢淡去，像一抹夕阳，在遥远的天边。

第十八章

三年后，金沙江南岸解放。

处于金沙江北岸的阿了山再一次发生了战争。

战争的缘由是：阿了山周边各部落氏族准备建立一个大山联盟，他们向夷莎多派了五次使者，但夷莎多没有答应。假如夷莎多不加入大山联盟，他们的大山联盟差不多等于是白联盟。这一点他们知道，夷莎多也知道。

大山联盟以井底坝龙氏家族为主体，以龙基姆为总指挥。联盟成员有弋获路、土氏路、克提路、色母路、瓦苦路、张氏路、赤黑路、青特路、热尼路、巴姆路、沙马路、正毛路、久氏路、番氏路。他们托人从山外购买了两挺轻机枪，十箱手榴弹，扬言要踏平阿了山。

金沙江沿岸居住的马里氏、卢氏、可伊氏和虎氏没有参加大山联盟。

他们与阿了山站在了一条战线上。

战争刚开始时，阿了山占了一定的优势。

阿了山在夷莎路修建了九座碉楼，有效阻止了大山联盟的进攻。

后来，大山联盟请来了一位副指挥，叫赖广益，湖北人，个子不高，长相平常，却具有一定的军事才能。

他来到了井底坝，参加了大山联盟。

赖广益成为大山联盟副指挥后，人多势众的大山联盟就如虎添翼了。

他给大山联盟带来了两门六〇炮。

两门六〇炮摧毁了阿了山夷莎路上修建的九座碉楼。

他们大举进攻阿了山。

阿了山村庄常住人口发展到四百二十八人，夷莎路保路队队员发展到一百六十人。夷莎多在金沙江沿岸居住的马里氏、卢氏、可伊氏和虎氏的帮助下购得了一挺轻机枪，三箱手榴弹。他用这些武器阻挡了大山联盟三个月。三个月后，他们寡不敌众，被赶进了阿了山背后的原始森林。房舍被烧，牛羊被牵，女人被抢，粮食被吃。

夷莎路保路队队员从一百六十人减员到四十四人。

他们躲藏在原始森林里。

他们差不多弹尽粮绝。

他们掩着夜色一次次偷袭大山联盟。

他们的每一次偷袭都损失惨重。

他们在原始森林里躲藏了一个月。

他们从四十四人减员到十二人。

“夷莎老爷，我们得想想办法。”芝马莱盘腿坐在一根被雷劈倒的朽木上，手里把玩着那支油黑的驳壳枪。他一身破衣烂裳的，与叫花子的距离只有三尺。

“怎么想?”夷莎多坐在一块生满苔藓的石包上。

“我们可以再找找马里氏、卢氏、可伊氏和虎氏。”祁特以抓了抓头皮，然后一脸横肉地说。

夷莎多坐在生满苔藓的石包上想了半天。他一句话也不说。他们现在一无所有。他们给不了马里氏、卢氏、可伊氏和虎氏任何利益。马里氏、卢氏、可伊氏和虎氏不会轻易帮助他们的。

“试试吧，老爷。”芝马莱一脸狡诈地说。

“怎么试?”那一年，夷莎多五十四岁。乍一看去，夷莎多不像是五十四岁的人。他深邃的眼睛里时常游荡着老年人昏淡的光，他就像是六十四岁的人。

“我们可以先口头承诺一大堆利益。”祁特以暴突的眼珠子“骨碌碌”转动了两下。

“这样行吗?”夷莎多并不相信。

“行不行试了才知道。”芝马莱说。

他们十二个人一起摸了三晚上的夜路来到金沙江沿岸。他们找到马里老爷，然后对马里老爷说：“马里老爷，目前大山联盟攻占了阿了山已近两个月，我们准备反攻，但枪支弹药缺乏。你看能不能帮我们弄点子弹、手榴弹、六〇炮什么的。”

马里老爷真名叫马里青，五十二岁，祖籍金沙江南岸。金沙江南岸解放后，他悄悄跑回去参加过那边的工作会议。他知道金沙江北岸与北岸进去的大山深处迟早要解放，他知道解放军的少数民族政策。夷莎多来找他，他十分高兴。他说：“大山联盟本没有对错，但被贺国光残余部下赖广益连长利用了。你们放心，我们在同一条战线上，我一定会竭尽所能帮助你们的。”

夷莎多一颗悬着的心落了地：“那真是太感谢马里老爷你了！”

“马里老爷，你要多少好处，尽管开口。”祁特以一脸横肉地说。

“对，马里老爷，你那么慷慨地帮助我们，我们也不能亏待你的。”夷莎多和芝马莱异口同声地说，“我们不差钱。”

“看来，你们想要六〇炮。”马里老爷想了想，说。

“是的。”祁特以说。

“另外，我们还想要一挺轻机枪和九箱手榴弹。”夷莎多补充道。

“这么多啊？”马里青有些为难。

“我们先承诺给你一千锭白银。”祁特以暴突的眼珠子“骨碌碌”转了转。

“这么多，你们不亏吗？”

“现在，我们需要的，只是争口气。”夷莎多解释说。

他们用口头承诺换来了一门六〇炮、一挺轻机枪、九箱手榴弹。他们高高兴兴地回到阿了山背后的原始森林里。他们有了这些武器，那烦躁与颓废的心安定了许多。

他们到卢氏、可伊氏和虎氏的地盘上跑了一趟。他们在卢氏、可伊氏和虎氏的地盘上借到了一千二百只绵羊。

他们反攻大山联盟的时机一天天成熟了。

他们十二个人分成三个小组，每个小组四人，分别由夷莎多、芝马莱、祁特以带队。他们隐藏在阿了山村庄附近，在黄昏时分突然进攻。

首先，他们用手榴弹和六〇炮炸毁了大山联盟的七座碉堡。

然后，他们把大山联盟的人全赶进阿了公馆。

再然后，他们炸毁了阿了公馆。

他们的行动十分迅速。

他们的行动让在阿了山坐镇指挥的龙基姆与赖广益摸不着头脑。

龙基姆与赖广益还以为金沙江南岸的解放军打过来了。

大山联盟在犹豫不决。

“芝马莱！”夷莎多到处找芝马莱。

“我在这里，老爷。”芝马莱边说边跑了过来。

“把捆在一千二百只绵羊角上的火把全点上。”

“好！”芝马莱说了一声“好”，便往阿了山村庄右上方跑去。他的手上抱着从马里青那里弄来的那挺轻机枪。除了夷莎多，他带上所有的人。

嗒嗒嗒！

嗒嗒嗒！

嗒嗒嗒嗒嗒……

一千二百只绵羊从阿了山村庄右上方的原始森林里冲出。每一只绵羊身上捆着两支火把，一千二百只绵羊身上捆了两千四百支火把。满山遍野的火把中间，芝马莱抱着的那挺轻机枪架在一座小山丘上不停地扫射。

祁特以他们呢，一步步贴近大山联盟的队伍用手榴弹轰炸。

另一边，夷莎多用六〇炮猛轰。

“快跑！再不跑来不及了。”赖广益风声鹤唳。

“解放军真打过来了？”龙基姆没见过解放军，不知道解放军的厉害。

“你自己看看，夷莎多有那么多人吗？快跑！”夜色中，那满山遍野的火把在机枪的恐吓下，一直奋不顾身地往前面冲。那奔跑的姿势，像极了训练有素的军队。

赖广益与龙基姆看形式不对，便慌慌张张指挥大山联盟的队伍一路溃逃。

他们跑啊跑的，跑到夷莎路下方时，居然还遭到了马里氏、卢氏、可伊氏和虎氏的伏击。

大山联盟的队伍死的死逃的逃，他们从一千一百人减少到二百八十七人。

他们退回井底坝。

他们准备洗刷耻辱。

他们再一次组织了队伍进攻阿了山。

他们再一次用六〇炮开路。

他们的六〇炮与夷莎多的六〇炮对轰。两门六〇炮对一门六〇炮。两门六〇炮占了优势，夷莎多的六〇炮被炸飞了天。

“老爷，咋办?”芝马莱“笃笃笃”跑上前来。

“炸毁他们的六〇炮。”夷莎多挺直腰杆站在夷莎路左上方的土坎上。

“谁去?”芝马莱问。

“我亲自去。”夷莎多从手榴弹箱子里取出九枚手榴弹挂在腰间。

“我跟着你去。”

祁特以自告奋勇。

他们一左一右分两路往前匍匐前进。他们的后面，芝马莱带着夷莎路保路队队员架起机枪与三八大盖一路保护。

他们一步步往前爬，一步步靠近大山联盟的队伍。

他们一左一右甩出了两枚手榴弹。

他们甩出的手榴弹在大山联盟的队伍中间炸开了花。

“祁特以，六〇炮。”夷莎多示意祁特以去炸毁六〇炮。

“知道，老爷!”

祁特以一边甩出手榴弹一边继续往前爬。他的周围，大山联盟打出来的子弹像蛛网般密密交织。他向前爬了五米，身上受了五处轻伤。他的眼珠暴突。他咬紧牙关向大山联盟的六〇炮一步步靠近。

轰!

他甩出去的一枚手榴弹炸飞了大山联盟的一门六〇炮。他无比高兴，他整个身子全坐了起来。

“趴下！趴下！”夷莎多向祁特以喊叫。

祁特以没有趴下。

说时迟，那时快。祁特以再一次甩出了手榴弹。他这次甩出的手榴弹没有前面一次准确。他甩出的手榴弹没有炸掉大山联盟的另一门六〇炮，只听“轰”的一声，他倒被大山联盟的手榴弹炸飞了天。

他在空中模仿老鹰的动作飞了两下，然后分成几块散开了去。

“天哪！祁特以……”夷莎多哀号了两声。

他甩出了挂在身上的所有手榴弹。

轰——轰——轰！手榴弹在大山联盟队伍里一次次炸开了花。

手榴弹炸死了龙基姆，炸飞了大山联盟的另一门六〇炮。

夷莎多炸飞了大山联盟的六〇炮后，从大山联盟六米远处爬了回去。他爬回芝马莱的身边，指挥芝马莱与夷莎路保路队队员据险死守。当时，夷莎路保路队队员从十二人发展到六十六人。他们在夷莎路下方守住了大山联盟队伍的进攻。

由于龙基姆被夷莎多炸死，大山联盟再一次退回了井底坝。

一年后，金沙江南岸成立了阿了山工作团。

工作团以南下干部张西安为团长，金沙江沿岸马里氏族长马里青为副团长，带了十三个人，五支冲锋枪来到阿了山。

他们在阿了山召开了“阿了会议”。他们增补夷莎多为阿了山工作团副团长，芝马莱为阿了山民兵基干队队长。他们以阿了山为根据地，准备开展金沙江北岸大山深处各部落氏族的解放工作。

“阿了山背后有大山联盟。”夷莎多说。

“你是说他们不怀好意?”张西安问。

“不是一般的不怀好意。”芝马莱说。

他们在阿了山每天开会。他们在传达中国共产党的民族政策。他们把中国共产党的民族政策传达给阿了山的人，然后让阿了山的人传达给大山联盟的人。他们在阿了山免费发放针头线脑、布匹饼干。他们团结了阿了山附近家庭贫穷的一部分山民。

他们派了工作组到弋获路、土氏路、克提路、色母路、瓦苦路、张氏路、赤黑路、青特路、热尼路、巴姆路、沙马路、正毛路、久氏路、番氏路。他们在做思想工作。

他们派了一个工作组到井底坝。

他们派去的工作组有五个人，但还没到井底坝就被赖广益枪杀了。

赖广益枪杀了五个工作组的人，然后把工作组的五个人头全挂在井底坝路边的马桑树上喂乌鸦。

“张团长，让我带领阿了山民兵基干队前去剿杀赖广益吧!”夷莎多以工作团副团长的身份向阿了山工作团团长张西安请战。

“解放军还驻扎在金沙江南岸，你带领阿了山民兵基干队前去有把握吗?”张西安来自东北，个子高大，一脸络腮胡子。他的模样吓人，说出话来却十分亲切。他不知道夷莎多的能力，有些担忧。

“有把握!”夷莎多的回答十分干脆。

“另外，你们到了井底坝，主要以宣传党的民族政策为主，不要乱杀龙氏，能拉拢坚决拉拢。”张西安语重心长地说。

夷莎多想了想，回张西安道：“张团长，你放心，我会严格要求自己。如果不发生意外，我会把赖广益捆来交给组织处置的。”

“那就好，你一路小心。”张西安满意地点了点头。

夷莎多带上芝马莱与阿了山民兵基干队出发了。那是初春，绵绵密密的春雨一路下着。他们一共有七十七人。他们一步三滑的，差不多用了三天的时间才潜进井底坝。

他们派人摸清了井底坝的一切。

他们在井底坝龙氏家族十二米高的土碉楼里抓住了赖广益。

“赖广益，快穿上衣服乖乖地跟我们走。”夷莎多厉声喝道。

“你们是?”赖广益在井底坝找了位龙氏家族的女子当老婆。此刻，他赤条条躺在龙氏女子身边。

“阿了山民兵基干队。”芝马莱把手中的驳壳枪顶在赖广益的脑门上。

“谁是夷莎多?”赖广益并不慌张，自顾自穿着当地土著人的衣服。

“我就是。”夷莎多上前一步，拿了一根麻绳把赖广益捆了个结结实实。

“跟着我干吧，想要什么就可以给你什么。”赖广益并没有反抗。他不反抗的原因是想做夷莎多的思想工作。

“闭上你的臭嘴。”芝马莱用一团毡布塞住了赖广益的嘴巴。

当时是午夜时分，井底坝四周静静悄悄的，连一根针落在地上都可以听见。夜很黑，山路崎岖不平，有淅淅沥沥的雨。他们带着赖广益行走起来十分缓慢。他们刚走出井底坝的地界，井底坝龙氏家族的人马就打着火把追打过来了。井底坝龙氏家族的人马一边开枪一边喊话：“快留下赖广益，不然打死你们！”

“咋办，老爷？”芝马莱有些慌张。

“你带赖广益先走，我留下来阻击他们。”夷莎多深邃的大眼睛在黑夜里骨碌碌转动。

“还是我留下来，老爷！”芝马莱说。

“我是阿了山工作团副团长，你得听我的。还有，以后不准再叫我老爷。”夷莎多给自己留下了三十位民兵基干队队员。

他在井底坝边界设伏。

他打退了前来营救赖广益的龙氏家族队伍。然后，他带领三十位民兵基干队队员追上了芝马莱。

这是阿了山民兵基干队建立以来第一次执行任务。夷莎多和芝马莱圆满地完成了任务，受到了上级党组织的肯定，成了阿了山工作团的英雄。他们的胸口上戴上了红艳艳的大红花。

赖广益被判了死刑。

枪决赖广益那天，阿了山上春光明媚，艳阳高照。阿了山周围各大小部落氏族的人全跑来看热闹。

张西安逐字逐句宣读了赖广益的一切罪行。

赖广益站在阿了山村庄中央的空地上，一直低着头，不说话。

他在阿了山村庄中央的空地上站了一个上午，然后被阿了山民兵基干队拉到一条土坎下枪决了。

只听“砰”的一声，子弹狠狠地打在了他一直勾起的后脑勺上，一大团鲜血从其面孔上喷薄而出。

他像一截木头倒了下去

“看来，这解放的事势在必行。”阿了山周围各大小部落氏族的人看完热闹后深深反思。

赖广益被枪决后，阿了山工作团派往各部落氏族的工作小组开展工作就越来越顺利了，从各部落氏族里发展起来的积极分子也越来越多，越来越庞大。

后来，金沙江南岸驻扎的解放军渡过金沙江进驻阿了山夷莎路。

再后来，阿了山召开了各部落氏族上层人士代表大会，并成立了甘吉县，夷莎多当选为甘吉县副县长。

第十九章

我再次见到了芝栀黎。

我从夷莎多老人的竹笆房里出来，准备到阿了山村庄上去的西沙草坪上去看书。我遇见了芝栀黎。

我有点不相信自己的眼睛。

“你不是说再也不回阿了山了吗?”我问。

“我为什么不回?”她反问。

“谁知道。”我一时语塞，然后转开话题，“你准备好久回去?”

“没有准备。”她答。

一时间找不到共同的话题，我们默然地望着对方。我站在路下方，芝栀黎站在路下方。我们一上一下，像两座小小的山峰。

“我去西沙草坪。”我说。

“我也去。”

芝栀黎一年时间没回阿了山了。一年后，她更时髦、更大胆。她染着一头金黄色的短发，戴着一副巴掌大的黑色太阳镜。她上身穿一件浅蓝色的宽领毛衣，下身穿一件黑色迷你短裙。她的身材火辣辣的，走到哪里性感的泡泡就冒到哪里。

她走在山路上。

她浑圆的屁股一摇一摇的，有那么几次，也不知是有意还是无意，她佝下腰去，然后让迷你黑色短裙里面的黑色内裤嬉皮笑脸地展露了出来。

“你走光了。”我说。

"什么东西走光了。"芝栀黎假装不懂。

"黑色小裤裤。"我知道芝栀黎的假装。

"我没有黑色小裤裤。"芝栀黎睁大迷人的双眼继续装。

"你有，在迷你黑色短裙里面。"

我们一边说一边走。我们走到了西沙草坪。

西沙草坪是一块天然的高山草甸。由于是初夏季节，草坪上长满绿油油的杂草。

"你敢偷看我的裙底？你是个坏人。"

芝栀黎抡起粉拳追打我。我们在西沙草坪上追来跑去。

我们累了。

我们互相拥抱着倒了下来。

我们倒在茂密的草丛里静静地望着对方。

"在S城可好？"我抚摸着芝栀黎迷人的瓜子脸。

"也好，也不好。"芝栀黎野性迷人的大眼睛里舞蹈着若有还无的凄凉。

她确实也好，也不好。在S城，她差不多待了四年。四年里，她爱过，恨过，吃过许多苦，有过许多心酸。她把一切苦与辛酸埋在心底，对谁也不说。

"你见过乌嘎吗？"我想起乌嘎。

"见过。"芝栀黎并不在意我提起乌嘎。

"她可好？"我问。

"差不多吧。"芝栀黎叹了一口气，淡淡地说。

我想再问点什么，却找不到问。我转过身子仰望天空。天气很好，碧蓝的天幕上一朵朵白云在悠悠飘荡。乌嘎出现了，在一朵朵白云深处。乌嘎水汪汪的大眼睛还是那么清纯，那么无辜。她向我伸出了纤纤玉手。她的纤纤玉手还没有伸到我的脖子上就一下子消失了。

"嗨！你发什么呆，大作家？"芝栀黎五根留了长指甲的手指在我的眸子上面晃荡。

我清醒了。我若无其事地坐了起来："你说说你在S城的一切吧。"

"真说?"芝栀黎其实并不想说。

"说。"我一直想让芝栀黎说。

"我说了你受得了?"芝栀黎的眼睛不由自主地躲躲闪闪。

"受得了。"我瘦黑的脸孔装得无比真诚。

芝栀黎讲了自己在S城的四年。

那年,她刚满17岁。她什么都不懂。

她在S城找到了彼土职业介绍所缴了一百五十块职业介绍费。

然后,彼土职业介绍所叫她在S城一直等。

她等了两个星期,身上带的钱只剩了五块。

彼土职业介绍所叫她继续等。

她等不了,想退钱,却被彼土职业介绍所工作人员大骂一通。

她在S城流浪,想找点事做,但怎么找也找不到。

她渐渐身无分文,饿得头昏眼花。

她在S城走累了,也饿极了。

她蹲坐在S城一处偏僻的小巷里想家。

她想阿了山与阿了山上的父母。

她坐着,一直坐着,然后迎来了一位打扮妖娆的S城大美女。

"小妹,你怎么了?"大美女说出的话悦耳动听。

"我……我……没什么……"那一刻,芝栀黎捂着肚子抱腿而坐。

"你是大山深处来的吧?"大美女在芝栀黎旁边坐了下来。

"嗯。"芝栀黎瞟了大美女一眼,点了一下头。

"你没找到工作吧?"

"嗯。"芝栀黎又瞟了大美女一眼,又点了一下头。这次,她无神的眼睛稍微亮了亮。

大美女看了看芝栀黎,然后走开了去。

差不多过了十分钟,大美女拎了一口袋面包走了过来。

她把面包递给芝栀黎。

"大姐……我……我……不饿……"芝栀黎嘴上说不饿,肚子却在"咕咕"地叫。

“小妹，大家都是天涯沦落人，你不用给大姐客气。”大美女把一口袋面包全硬塞给芝栀黎。

芝栀黎接过面包，先轻轻撕开了一块慢慢地吃，吃着吃着，越吃越香，一块接一块，把一口袋面包全吃完了。

“好吃吗？”大美女问。

“好吃。”芝栀黎说。

那位大美女叫娜娜，十九岁，穆刹县人。穆刹县与甘吉县毗邻。娜娜与芝栀黎成了好朋友。她把芝栀黎介绍到S城一家小型中餐馆上班。芝栀黎在中餐馆上了三个月，渐渐适应了S城的生活。她开始打扮自己，从头发开始，慢慢学会了化妆与穿戴搭配。她喜欢上S城的杨哥。杨哥是个有家庭的男人，她心甘情愿做杨哥的情人。她与杨哥相爱了两个月，她的心甘情愿变成了一厢情愿。杨哥有了新的情人，不再理她。她欲哭无泪，欲喊无声。她举目无助，辞掉了小型中餐馆的工作，来到娜娜上过班的好妹妹酒吧上班。酒吧里的客人形形色色，她爱上了好妹妹酒吧里的男领班吴西。她爱得死心塌地。最终，她的爱一片狼藉。

“不如学我吧！”娜娜说。

“当小三？”芝栀黎一脸惊讶。

她知道娜娜在当某个大老板的小三，她在骨子里鄙视小三。

“假如所谓的爱得不到任何结果，那与小三又有何区别？”娜娜无比淡定地说。

芝栀黎想了想，结合自身实际，娜娜的话其实不无道理。

“可是……可是……”她犹犹豫豫。

最后，她当了S城一个姓陆的小三。

她每天吃喝不愁，玩乐不愁，且还有大把大把的人民币寄往家里。

她失去很多，无怨无悔。

“在S城，你一直与那个大老板在一起吗？”我的心酸酸的。

“哪个大老板？那个大老板是哪个大老板？我在S城差不多换了五个大老板了。”芝栀黎一脸鄙夷，也不知道鄙夷什么。

“现在呢？”我往细处问。

“一个当官的。”芝栀黎轻描淡写地说。

“多大的官？”我进一步问。

“看到那边那个山头了吗？”芝栀黎坐起来指了指阿了山对面一座大山的山巅，“就那么大。你说，那么大的，应该算多大呢？”

我也坐了起来。我眯起黑色的大眼睛认认真真地望了望。我不知道对面山巅那么大的官是多大的官。我沉默着，不说话。

“你想知道乌嘎吧？”芝栀黎叹了一口气，慢悠悠地说。

“是的，假如你真知道她的什么情况的话。”我说。

“我当然知道。”芝栀黎拉了拉超短的迷你黑色短裙，然后把巴掌大的黑色太阳镜取下，“不过，若想让我说出来，首先你得说出自己与乌嘎的黑色关系。”

“我和乌嘎没有关系。”我说。

“呵呵，那好嘛，我说，我说。”芝栀黎性感迷人的双眼狡黠地瞟了瞟我，“乌嘎在 S 城很好，在一个鞋厂里上班。”

“就这点？”我并不满足芝栀黎的说。

“那应该有多少？”芝栀黎扑闪着大眼睛反问。

“看到那边那个山头了吗？”我模仿芝栀黎的动作，“就那么大。你说，那么大的，应该算多大呢？”

“你敢戏弄我……你……”

我们再一次抱在了一起。

第二十章

夷莎多在古甘县当了三年的副县长。

三年里，他带领阿了山民兵基干队一次次打退了前来围攻阿了山工作团的各部落氏族反叛分子，一次次深入各部落氏族去作党的民族政策宣讲。他不怕吃苦，勇于牺牲，为解放古甘县十三万贫苦山民立下了汗马功劳。

后来，金沙江北岸迎来了轰轰烈烈的民主改革。

民主改革的主要内容是：一、揭露奴隶主与封建农奴主的阶级压迫、剥削奴隶、农奴和广大人民的种种罪恶。二、废除奴隶制度和封建农奴制度，废除奴隶主和封建农奴主的特权，没收其土地，征收或征购其多余的粮食、耕畜、农具、房屋、废除高利贷、解放奴隶、半奴隶。三、以“民主协调，和平改革”为方针，对奴隶主、封建农奴主不清算历史罪恶、不挖底财、不退押金；拥护或不反对改革、安分守已者保留选举权，给予生活出路；反对或破坏改革的，要进行说理斗争；对参加武装叛乱者要坚决打击，依法制裁。四、大力宣传劳协、农协《章程》和自卫武装组织《条列》，号召奴隶、半奴隶，农奴和全体劳动人民积极参加劳协、农协和自卫队积极投入民改斗争。

另外，在民主改革的过程中，对民族上层和奴隶主分子自始至终坚持和贯彻团结、教育、改造的方针，区别对待，分类“过关”。对于一贯进步、积极赞成和带头改革的上层人士和奴隶主分子，除了在政治上实事求是地肯定他们的工作成绩给予表扬鼓励外，还在划成分时，采取不与群众见面、缺席评定的办法，使其和平“过关”。对于一般能接受改革的上层人士和奴隶主分子，只要他们能够按照政策规定，在群众的监督下，交出应没收、征收的土地和财物，解放奴隶，并在一定场合向劳动人民承认自己的历史罪恶，表示向劳动人民靠拢，在劳动中将自己改造成自食其力的新人，一般都不斗不罚，保护其“过关”。

这样做既争取和团结了多数各部落氏族上层人士又孤立了少数顽固分子，推进了民主改革的进程。

夷莎多如数交出了自己在阿了山上的所有财产。

他出生在金沙江南岸，识文断字，知道党的政策。

他是古甘县民主改革的坚决拥护者和直接领导者。

他一次次受到了上级党组织的表彰。

后来，古甘县召开了第一次民主协商会议，会址在阿了山，到会的各部落氏族上层人士有两百人。在这次民主协商会上，经过反复学习党的民改政策，阿了山周围大部分部落氏族族长表示愿意带头施行。

会后，古甘县成立了民主改革委员会。张西安任主任，夷莎多任副主任。民主改革委员会下设十个民改工作组，每个工作组由九人组成，分别配备了五支步枪、两百发子弹和一箱手榴弹。

古甘县十个民改工作组分别派往阿了山周围由各部落氏族组成的十个片区。因为人手紧缺，夷莎多兼任了尼牧工作组组长。

走了两天的山路后，他带领尼牧工作组来到了尼牧片区。

尼牧片区在阿了山背面的尼牧山上。尼牧山上居住的主体部落氏族为洛氏、牧姿氏、弋获氏、土氏。他们曾经与阿了山打过仗。他们一直不服阿了山。

民改工作组到来之前，尼牧片区在洛花且、牧姿惹、弋获体赌、土腊巴的挑拨下，百分之八十的奴隶主与封建农奴主背着自家的枪支与弹药跑进了深山老林。

开始时，他们只是跑进深山老林。后来，他们以深山老林为根据地时常下山来阻挠尼牧片区的民改工作。

他们剪掉了民改工作组的电话线，炸掉了民改工作组的办公房，抢走了尼牧片区集体共有的牛羊、粮食和农具。

他们烧掉了尼牧片区一座座民房、一间间畜圈。

尼牧片区的夜悄然降临。

夷莎多坐在油黑的杉木办公桌前木然地发呆。

他刚硬的左手食指与中指间夹着一支自制的半拃长的香烟。

他在思考，一直在思考。

香烟在他的思考里一缕一缕地冒着青烟，一团一团地燃成各种答案。

“要不，狠狠打一下吧!”他轻轻地叹了一口气。

他没有往打的深处想。他带领尼牧工作组来到尼牧片区不是为了打。他不能随性而为。

“假如不打呢?”他走进思考的松萝里。

他在思考的松萝里反复回顾了尼牧片区一个多月来的民主改革开展状况。这一个多月来，他带领尼牧工作组在尼牧片区挨家挨户进行了党的民族政策宣传工作。他们的民族政策宣传工作一步步深入，但开展起来却一直阻碍重重。那些拉了队伍上山的洛花且、牧姿惹、弋获体赌和土腊巴，他们一直盘踞在大山密林里。他们是压在尼牧片区山民们胸口上的一块大磐石。谁也不知道接下来洛花且、牧姿惹、弋获体赌和土腊巴会做出什么样的举动。

嗒嗒嗒。有人在轻轻地敲门。

“谁?”夷莎多从办公桌前警觉地站了起来。他的右手摸住了腰间挂着的驳壳枪。

“我，欧阳润。”来人不是别人，是欧阳润。

她的手上抱着一碗热腾腾的黏糊的米粥。她把米粥放在夷莎多的办公桌上。

“你这是?”夷莎多指了指米粥。

欧阳润笑了笑了，没有说话。她一张年轻俊俏的脸渐渐潮红了起来。

“夜都那么深了，你还不睡?”夷莎多端起米粥喝了两口，关心地问。

欧阳润点点头，但不说话。

两年前，欧阳润来到阿了山村庄。

她年轻漂亮，聪明伶俐。

她担任阿了山工作团的专职卫生员。

她背着棕红色的医用十字包走村串寨。她一方面积极宣传党的民族政策，另一方面为阿了山周围各部落氏族的山民们看病治病，经常早出晚归。

她从沙马路回来的路上遇上了田穆田拉两兄弟。

天正走在越来越黑的路上。她有些心慌："你……你们……要干什么?"

田穆田拉两兄弟披着大山深处用羊毛织出来的墨黑的披风。他们的肩膀上各背着一支汉阳造88式步枪。他们大摇大摆地向前："有什么值钱的东西，快拿出来!"

"我……我……没有什么……值钱的……"欧阳润一时间不知所措，说起话来吞吞吐吐的。

田穆横起了一张老脸："你主动拿出来还可以商量，不然，后果你是知道的。"

田拉"啪啪啪"跑过去挡住欧阳润的后路，然后伸手摸了一下欧阳润的俏脸："哟！这脸蛋儿还不错哦。"

"两位大哥，我是阿了山工作团的卫生员，身上真没有什么值钱的。"欧阳润定了定神，知道自己遇上大山深处暗地里流窜的劫匪了。她强装镇定，给田穆田拉两兄弟讲起了党的民族政策。

"你身上真没有值钱的?"田穆把背上的步枪取来端在手中，然后"哗哗哗"拉了一下枪栓，把枪口顶在欧阳润的脑门上问。

"真没有。"欧阳润慌张害怕一阵后，不再害怕慌张了。她知道自己再慌张再害怕也没有用。另外，她身上除了一个医用十字包，确实也没有什么值钱的东西。

"那只能带走你了。"田拉说。

"两位大哥，你们还是放了我吧。我是阿了山工作团的卫生员，如果我失踪了，组织上的人肯定不会放过你们的。"欧阳润偏着脑门半是请求半是威胁。

“我们才不怕你的组织哩!”田穆向田拉使了个眼神。

田拉没有二话，从自己身上解下一根麻绳，把偏着脑门的欧阳润一把按倒在地，从头到脚严严实实地捆了起来。

“救命!救命!”欧阳润在挣扎，在呼叫。

田穆从欧阳润的医用包里翻出了一团纱布。他把纱布一股脑儿塞在欧阳润的嘴里。

“咋办?”田拉问。

“先带走。”田穆说。

他们带着欧阳润一直走啊走的，没有走到山林里天就黑了。他们冒着黑夜走了三袋烟的工夫，走着走着，却迷了路。他们在原始密林深处的小路上打转转。他们翻过了三座高山，涉过了三条溪流。他们再翻过了三座高山，涉过了三条溪流。他们走来走去。他们又回到了沙马路附近。

他们累了，倦了，饿了，在沙马路附近找到了一个岩洞。他们准备在岩洞里休息。

他们把欧阳润丢在一边，然后坐在一起这样商量。

“现在这个年代，山里山外的情况都十分复杂，我们捆绑这么一位年轻貌美的女子怕也卖不出什么好价钱。”田穆满脸横肉，大概四十岁光景。他看了看捆在一旁的欧阳润，慢悠悠地说。

“别说好价钱，会不会有人买都打个问号哩。”田拉说。

“那咋办?”由于刚刚涉过了三条溪流，田穆田拉两兄弟全身湿漉漉的。大山里的后半夜极寒，他们瑟瑟发抖。

“干脆我们拿来开心开心。”田拉瞟了一眼年轻貌美的欧阳润，然后让自己喜欢外露的色心开始冒泡。

田穆想了想，点了点头。

田拉扑向欧阳润，就像一只饿狼扑向小羊。

他把欧阳润按倒在冰冷的岩洞里。他嘟起尖长的猴嘴在欧阳润俊俏的瓜子脸上亲来亲去。他亲完了欧阳润的瓜子脸，然后转向欧阳润细长白嫩的脖颈。他像一头野猪，在欧阳润青嫩迷人的原野上开垦着。

他的手也没有闲着，在欧阳润的腰肢上，胸脯上摸来摸去。他摸着，一直摸着，然后用右手一把捏住了欧阳润坚实轻耸的乳房。他在欧阳润坚实轻耸的乳房捏来捏去，揉来揉去。他撕开了欧阳润青蓝色的粗布衣裳，把嘴巴压在欧阳润的乳房上啃。他在等待自己胯间的小兄弟慢慢勃起。

他强行脱掉了欧阳润的青布裤子，把欧阳润的两条粉腿强行分开。他用自己胯间的小兄弟在欧阳润的双腿间蹭来蹭去。他一直等待自己胯间的小兄弟雄赳赳气昂昂，但没有雄赳赳气昂昂。

他气急败坏，无缘无故抽打欧阳润的嘴巴。他想让欧阳润亲自己的小兄弟。欧阳润没有亲他的小兄弟。

他的牙齿在“咯咯咯”地打架。

他全身湿淋淋的，在大山深处的后半夜越来越冷。他一直打着哆嗦。他终于没有了开心一下的想法，从欧阳润身上倒了下来。

“怎么了？”田穆关切地问。

“太冷了，根本打不起精神寻开心。”田拉如实回答。

田穆轻轻地笑。他在山洞外忙碌了半袋烟的工夫，然后抱来了一堆枯枝败叶。

他先把枯枝败叶堆在一起，然后用一块硅石与一把火镰碰出火花点燃。

枯枝败叶在静静地燃烧。田穆田拉坐在火堆两边把自己的身体转过来转过去地取暖。他们烤了两袋烟的工夫，身子从僵冷慢慢转热起来。

一旁，欧阳润脸色泛青，瑟瑟发抖。

“把她拖过来，让她也取暖取暖。”田穆说。他满脸横肉，心却没有那么坏。

田拉把欧阳润拖在火堆边。他一边拖欧阳润一边查看自己胯间的小兄弟。他胯间的小兄弟并没有因为身体转热而起来。

他坐在火堆边静坐了半袋烟的工夫。

他二十二岁，尖嘴猴腮。他还没有娶妻生子。他一直想找个女的试试自己的小兄弟。之前，他只有念头没有机会。现在，他有了念头，也有了机会。但是，他胯间的小兄弟却不争气了。

他十分懊恼。

他在寻找一切有可能的原因。

“你不会天生就阳痿吧！”田穆一边烤火一边看田拉。他知道田拉的心思。他准备开导开导田拉。

“咋会！咋会！”田拉不相信自己天生就阳痿。平时间，他只要一有念头，胯间的小兄弟便在念头里摇头摆尾的。

“也许是饿了吧。”田穆说。

“就是，就是。”田拉高兴地叫了起来，“我怎么就没有想到可能是饿了呢？”

他边说边从羊皮口袋里掏出一块黑糊糊的荞面烤粑。

他拿着荞面烤粑急不可耐地啃了两口。

“太冷了，先烤烤再吃吧！”田穆说。

他点了点头，把荞面烤粑从自己的嘴边拿下。

他把黑糊糊的荞面烤粑置放在火堆边慢慢地烤。他烤热一点吃一点，等荞面烤粑烤得差不多的时候，他已吃得差不多了。

岩洞周围，有野狼在“呜呜”啸叫。在岩洞周围的原始密林深处，有野兽互相追来追去的“吱吱吱”的声音。田拉站了起来，然后摸了摸自己的下体。

他发现自己胯间的小兄弟硬邦邦的，仿佛正渴望潮湿的洞穴把其淹没。

他走向火堆边躺着的欧阳润。

“大哥，你饶了我吧！”欧阳润从半昏厥中苏醒过来了。她一边瑟瑟发抖，一边无力地挣扎着。

“我饶了你谁给我快乐！”田拉伸出两只大手去分开欧阳润的粉腿。那一刻，他胯间的小兄弟雄赳赳气昂昂的，像一个准备冲向战场的将军，巍然挺立。

“去死吧！”欧阳润使尽所有气力，一脚踢在田拉胯间雄赳赳气昂昂的小兄弟上。

田拉没有想到已没有抵抗能力的欧阳润还有这招。他“哎哟”一声，一下子蹲下身来。他蹲下身，抱着自己的下体，一边痛苦地呻吟一边倒下去。他在冰冷的岩洞里打滚，乍一看去，就像一条发了情找不到公狗交配的母狗。

“我打死你!”田穆抱起了步枪。

他把枪口对准欧阳润，然后“唰唰唰”地拉了两下枪栓。

他正要扣动扳机那会儿，欧阳润闭上了眼睛。她知道自己就这样牺牲了，牺牲在看病治病的路上了。

砰——!

一声枪响。

砰——!

又一声枪响。

夷莎多孤身一人冲了进来。他打死了田穆田拉两兄弟，救了欧阳润。

从那时候起，欧阳润就一直从骨子里悄悄地爱着夷莎多。

“你还是去睡吧!”夷莎多说，“明天，我们还有很多工作要做的。”

“你不睡我也不睡。”欧阳润笑眯眯地看着夷莎多，她半是认真半是调皮地说。

夷莎多吃完了黏糊糊的米粥，慢吞吞地走到欧阳润面前，然后叹了一口气，说:“欧阳润同志，你的心思我早就明白，但是，你想想，你那么年轻，我们不可能在一起的啊。”

“我……我……不在乎……”欧阳润一脸激动。她的话还没有说完，眼泪倒先冲出了眼眶。

第二十一章

面对尼牧片区一天天严峻起来的工作形势，夷莎多一方面派出了民改工作组工作人员李晓东向古甘县民主改革委员会报告，一方面组织当地山民组成尼牧片区武装自卫队进行自卫防守。

他派出的工作人员李晓东还没走到阿了山就被叛乱头人弋获体赌抓住并杀害了。他临时组织起来的尼牧片区武装自卫队有三十五人，其中会使枪的仅十五人。最重要的，他们只有五支步枪，两百发子弹，一箱手榴弹。

他们在被动挨打。另外，在一次自卫防守战中，他们又牺牲了三位工作人员。

“我们这样下去不行。”工作组副组长胡长喜说。

“那咋办？”工作组卫生员欧阳润忧心忡忡。

“打！”胡长喜说。

“打得赢吗？”欧阳润用怀疑的眼神望了望周边站着的四位男人。

“打得赢打不赢打了再说。”胡长喜是当兵出身，言语间透着一股豪气。

“打，或不打，我们还是开会研究后再做决定吧，这样显得更加民主些。”夷莎多抠了抠脑门，然后稳重大度地说。

他们开始开会。

他们开会下来的决议是：一、先打击叛乱分子，再开展民改工作。二、军事打击、政治争取和发动群众相结合。三、在军事上首先集中优势兵力打击最顽固、最嚣张影响最大的大股叛乱，再包围瓦解分散小股之敌。四、在政策上，只要放下武器、接受改革者既往不咎，和平协商解决改革问题。

开会决议下来了，但具体怎么打呢？夷莎多在冥思苦想。

他在自己的办公室里走来走去。

他一拍脑门，然后想出了一条妙计：诱敌深入。

那是一个阳光暖洋洋的下午，夷莎多带领四位尼牧片区民改工作组成员离开了尼牧山。

他们一路走一路埋怨。

他们的脊背上背着一个月前背来的锅碗瓢盆与棉衣棉被。

他们每个人的手上提着一支用来自卫的步枪。

尼牧山的人看着他们垂头丧气地离开了尼牧山片区，以为民改工作组的民改工作就这样匆匆结束了。

半夜，洛花且与土腊巴带了五十人下得山来。

他们每个人手上拿着一支火把。

“阿了山来的人跑了，我们回来了！”洛花且与土腊巴每人骑着一匹高头大马走在队伍前面。

他们大摇大摆地走进空无一人的尼牧片区办公大院。

他们砸烂了夷莎多办公室里的木质办公桌。

他们毁掉了民改工作组的土坯灶头。

他们在民改工作组简易的木板床上撒尿。

他们一脸兴奋。

这时，五枚手榴弹从尼牧山的天空落了下来。

轰——轰——轰！五枚手榴弹在洛花且与土腊巴带领的五十人中间炸开了花。他们当场被炸死九人，炸伤十人。他们乐极生悲，乱成一团。

轰——轰——轰！

轰——轰——轰！

轰——轰——轰！

从尼牧山天空落下来的手榴弹源源不断。洛花且与土腊巴带领的五十人不是被炸死，就是被炸伤。洛花且与土腊巴看到形势不对，准备夺门而逃。

砰！

砰砰！

砰砰砰……

洛花且与土腊巴刚跳出办公大院厚实的院门，五支步枪的枪口就黑洞洞守在前面了。首先开枪的是夷莎多。他一枪打中洛花且的额头，当场毙命。然后，胡长喜、欧阳润等全部开枪。他们打出的子弹带着两个月来的满腔怒火，一颗颗往洛花且与土腊巴身上招呼。

洛花且与土腊巴在院门外的土路上静立两分钟，然后沉沉地倒了下去。

那年，夷莎多六十岁。

他带领胡长喜、欧阳润等四人冲进尼牧片区办公大院。

他们抓住了被炸伤但没有死的洛花且与土腊巴带领的叛乱者十二人。

他们没有枪决被炸伤的叛乱者。

他们对被炸伤的叛乱者做了一番思想工作后，把他们放回家了。

初战告捷为尼牧山人民带来了前所未有的信心

他们在初战中缴获了四十支步枪、五支驳壳枪、三百发子弹。他们用这些枪支武装了尼牧片区的武装自卫队。他们带领尼牧片区武装自卫队在尼牧山背后沿路上设伏，重创了牧姿惹与弋获体赌带领的叛乱者。

牧姿惹与弋获体赌带领的叛乱者有两百人。他们在一次次受挫中知道了夷莎多的厉害，不再下山来阻挠民改工作组的工作。

在尼牧山背后，有一片叫米紫的原始森林。他们在米紫修建了四十座木板房，十二座土碉楼。牧姿惹与弋获体赌在那里牧养了从尼牧片区抢来的一千只绵羊，一百头黄牛。他们在那里开垦荒地，准备独立成国。

“咋办？”胡长喜问夷莎多。

“政治瓦解加武力打击。”夷莎多不假思索地说。

第一步，夷莎多动员尼牧片区叛乱者家属上尼牧山背后米紫原始森林里去开展亲情教育、说服教育。

开始时，这一举措效果甚微。后来，夷莎多用一百块白花花的银圆收买了一部分叛乱者，这一举措的效果就显现出来。牧姿惹与弋获体赌带领的叛乱者两百人里有一百二十人偷偷下了山。

第一步计划实施成功后，尼牧片区民主改革工作形势越来越好。尼牧山上三百户山民有两百户加入了农协会、劳协会。他们的民主改革热情一天比一天高。

季节正转入寒冬。

尼牧山上一天比一天冷，尼牧山背后的米紫原始森林里更是千里冰封万里雪飘。

夷莎多收到了一封来自阿了山张西安的亲笔信。信的大概内容是这样的：由于金沙江北岸大山深处各片区各部落氏族里爆发了大规模的叛乱，上级党组织决定派解放军前来帮助平叛。尼牧片区的叛乱者虽然得到了一定的打击，但牧姿惹与弋获体赌为首的叛乱者还在，且占据米紫原始森林准备独立成国，性质恶劣，影响极坏。古甘县民主改革委员会经研究，决定派解放军一个连进驻尼牧片区支援平叛。

张西安的来信与夷莎多的想法不谋而合。

解放军到来之前，夷莎多带了四十位尼牧片区武装自卫队队员前去围剿米紫原始森林里的牧姿惹与弋获体赌。

他们走了两天雪路悄悄潜进米紫原始森林。

他们在米紫原始森林里忙碌了两天，用带去的手榴弹布置了许多引爆装置。

他把四十位尼牧片区武装自卫队分成六个战斗小组，每个小组负责摧毁两座土碉楼。

他们的战斗在第五天鸡叫三遍时打响。

他们的六个战斗小组同时猛烈开火。

牧姿惹与弋获体赌不知道敌人的来路。他们被打得晕头转向。他们在土碉楼里躲了一阵子，发现敌人的火力一般，不像是大片的解放军，便从土碉楼里出来，大声呼喊其他土碉楼里的人员。

他们也分成了六个反攻小组。

他们准备向夷莎多他们进行全面反攻。

他们在夜色的掩蔽下悄悄摸索而来。

轰——轰——轰！

轰——轰——轰！

他们还没有摸索到尼牧片区武装自卫队面前便引爆了安置在阵前的手榴弹。

他们被炸得血肉横飞。

他们不敢再往前摸索。他们不知道前面的情况。他们逃回自己的土碉楼。

“你们赶快出来投诚吧！”夷莎多在外面喊。

“我们决不投诚！”牧姿惹与弋获体赌在土碉楼里回答。

夷莎多带两名队员爬到前面去炸毁了两座土碉楼。

土碉楼与土碉楼之间可以遥相呼应。牧姿惹与弋获体赌在土碉楼里指挥其他土碉楼里的叛乱人员进行战斗。

他们向其他土碉楼里的叛乱人员这样喊：“不要慌，不要乱，只要我们坚持到天亮就什么都不怕了。”

接着，武装自卫队又炸毁了两座土碉楼。

夷莎多站在一块地远的地方展开政治攻势：“不想死的就快走出土碉楼来向人民政府投诚！只要你们放下武器接受改革，我们对你们既往不咎，而且还可以与你们和平协商改革问题。”

砰砰砰！

砰砰砰砰砰砰……

牧姿惹与弋获体赌在土碉楼里用恨入骨髓的枪声回答了夷莎多。那一刻，天色正微微发亮。机不可失，时不再来。米紫原始森林里的土碉楼还剩八座。夷莎多他们再不摧毁这八座土碉楼，天亮了就没有机会摧毁了。

危急之下，夷莎多亲自带领三位不怕死的自卫队队员前去炸毁土碉楼。他们带去了三十枚手榴弹，炸毁了六座土碉楼。三位自卫队队员全部牺牲，夷莎多的左脚也受了轻微的枪伤。

他们的手榴弹使完了，天也一寸寸发亮了。

“咋办?”武装自卫队队长胡吉杰开始慌张。

“就剩牧姿惹与弋获体赌住着的这两座土碉楼了，我们绝不能放弃。”夷莎多斩钉截铁地说。

他们准备用烟熏。

他们从一里地外的米紫原始森林里薅来了一大堆半湿半干的杂草。他们抱着一捆捆杂草向最后两座土碉楼爬去。

他们牺牲的牺牲，受伤的受伤。

尼牧山上的天色已经大亮。

他们的一举一动在姿惹与弋获体赌坐镇指挥的两座土碉楼的枪眼下。他们试着进攻了一个上午，牺牲了二十人，受伤了九人。

他们又累又饿。

他们能参加战斗的只剩了十一人。

“这样下去我们只有吃亏。”胡吉杰在夷莎多旁边走来走去，其心里十分着急。

“我有办法。”夷莎多围着两座土碉楼走了两圈，然后想出了办法。

“什么办法?”胡吉杰迫不及待。

“你等着看就是。”

夷莎多命令武装自卫队人员先在两座土碉楼一块地周围堆上三十堆杂草，然后等，一直等。等什么呢? 哦，等风。米紫原始森林里的风一来，夷莎多就命令他们把杂草全部点燃。

那三十堆杂草静静燃烧，冒出了一团团大箴兜粗的浓烟。刚开始的时候，浓烟与两座土碉楼没有多少关系。可是，一团团浓烟冒着冒着，就借助风力向两座土碉楼慢慢靠拢了。三十股浓烟从三十个方位向两座土碉楼蔓延。在一股股浓烟里，牧姿惹与弋获体赌坐镇指挥的两座土碉楼的枪眼什么都看不到了。他们不仅什么都看不到，为了不被烟熏，还得用衣物堵住一个个枪眼。

夷莎多不假思索。他身先士卒，带领十一名武装自卫队队员抱着十二捆杂草冲到土碉楼下。

他们点燃了杂草。

他们点燃的杂草烧烂了土碉楼厚实的木门。

“大家注意，不要放过一个叛乱者。”夷莎多带领十一名武装自卫队队员退回原地。

武装自卫队队员全埋伏在土碉楼四周。他们知道两座土碉楼里的牧姿惹与弋获体赌肯定逃出碉楼来。

砰！

砰砰砰……

第一个从土碉楼跳下来的是牧姿惹。他从第三层土碉楼上直接跳下来。他一边跳下来一边自报大名：“尼牧山上坐如大山的牧姿惹就是我。”

他双脚刚触地就顺势隐藏了自己。他一边隐藏自己一边举着两支驳壳枪向埋伏在周围的武装自卫队开枪。他的枪法极好。他在看不见武装自卫队队员的情况下打伤了两名自卫队队员。

“打！为李晓东和死去的武装自卫队队员报仇。”夷莎多从掩体背后站了起来。

他举起驳壳枪一阵乱射，打中了牧姿惹的肩膀。

牧姿惹的身子摇了两下，左手上的驳壳枪落了下来。

他正打算弯腰捡起落下来的驳壳枪，不料被武装自卫队队员围住。他还没有回过神来就被武装自卫队队员打成了马蜂窝。

十五分钟后，另一座土碉楼里弋获体赌也逃出来了。

他的动作缓慢笨拙。他没有从三层土碉楼上直接跳下来。他慢吞吞的，由三名下人保护着，从土碉楼二楼上借助一把木梯子慢慢下来。

他的怀里抱着一挺轻机枪。他用轻机枪向夷莎多埋伏的地方扫射。

嗒嗒嗒！嗒嗒嗒……

他边跑边扫射。

他的身后，五名叛乱者紧紧地跟着他。

“打！往死里打！”夷莎多振臂一呼，然后举起驳壳枪向前追去。

他们好不容易把弋获体赌从土碉楼里逼出来，他们不可能放虎归山。他们视死如归。他们打死了跟着弋获体赌的五名叛乱者，把弋获体赌围在一块小土包背后。

嗒嗒嗒！嗒嗒嗒……

弋获体赌手中的轻机枪还在叫。

他们相持了一个下午。他们在相持中渐渐疲倦。

“你走出来投诚吧！”夷莎多喊道。

“我没有那么傻。”弋获体赌回答。

“你一个光杆司令，还能坚持多久？”夷莎多抓住弋获体赌的弱处做思想工作。

“能坚持多久就坚持多久。”弋获体赌顽固不化。

他抱定了必死之心。他宁愿死去，也不愿投诚。

天色正在发黑。

“那你走吧，我们不为难你！”夷莎多心生一计。

“不走。”弋获体赌不轻易上当。

“那我们走。”

夷莎多带领武装自卫队队员迂回到弋获体赌的背后。他们不声不响，在弋获体赌站起来的那一刻全部开枪。砰砰砰！砰砰砰！弋获体赌被打成了另一个马蜂窝。

后来，两座土碉楼里陆陆续续走出来十五个人。

他们一个个缴了枪，投了降。

阿了山的夜已经很深，小竹笆房内煤油灯一跳一跳的，在我与夷莎多老人的思维想象间，有点像生与死的距离。

夷莎多老人一直喘气。他的眼珠越陷越深，身体越来越弱。

他在自己的传奇故事里行走，无比吃力。

他继续讲。

自卫队打着火把，押着十五位俘虏走在回尼牧片区办公大院的路上。

他们全身心疲倦，但一脸轻松。

他们走着走着，远远的，看见了一支队伍。

他们看见的那支队伍也打着火把。从火把的规模看，至少有一百来人。那火把像一条火龙，蜿蜒曲折排了差不多两里地。

“快灭了火把。”夷莎多发出了命令。

他们的火把一支支全熄灭了。他们埋伏在山路两边的高地上。他们在那里等待对面那支队伍过来。

那是一支训练有素的队伍。山路无比崎岖，但那支队伍的队形一直不乱。他们一步步走向夷莎多他们。

在半里地处，那支队伍停了下来。他们好像察觉到了什么。

他们中一位佩带手枪的军官走上前来："前面藏身的，可是夷莎多带领的武装自卫队?"

"是!"夷莎多简短地回答。

"那你们下来吧，我们是自己人。"那位佩带手枪的军官命令自己的队伍放下枪支。

"你先走上前来!"夷莎多带领的武装自卫人员少，不得不加倍小心。

"好!"那位佩带手枪的举着一支火把走上前来。

他站在离夷莎多二十米远的地方。

他还没来得及说话就被夷莎多一枪撂倒了。夷莎多打去的子弹射穿了他的头颅。他摇晃两下，然后慢慢倒了下去。

"连长！连长!"他后面的队伍哗啦啦跑上前来，迅速拉开了枪栓摆出了进攻夷莎多他们的架势。

"不要开枪！我是夷莎多，我身边的全是尼牧片区武装自卫队队员。"

夷莎多从自己埋伏的高地上走了下来。

他来到那支队伍面前。

原来，那支队伍正是古甘县民主改革委员会派到尼牧片区来帮助平叛的解放军。那位被夷莎多一枪打死的佩带手枪的军官，正是那个连的连长蔡虎。

夷莎多从抓人变成被抓。

他剿杀了尼牧片区大半年来一直顽固不化的叛首牧姿惹与弋获体赌，本来应该受到上级党组织的嘉奖。可是，他还没来得及受到上级党组织的嘉奖，便被古甘县民主改革委员会派去帮助平叛的解放军抓到了阿了山。

第二十二章

张英："你真坏！"

我："也不是很坏。"

那是一个阳光明媚、野蝉声声撞击生命本欲的夏天。我的眼前，一片片长势良好、枝粗叶厚、青翠欲滴的苦荞苗在大山的褶皱里静悄悄开了花。那一朵朵颜色各异、娇艳欲滴、卖弄风骚的苦荞花，被一个叫张英的美丽少女压在身下。张英被一个叫扎尕拉的皮肤黝黑的男人压在身下。

那些由于扎尕拉和张英而断折了的苦荞枝在大口喘气。

张英和扎尕拉也在大口喘气。

扎尕拉就是我。美丽的苦荞枝一边喘气一边用自己的本能吐着白沫。苦荞枝用自己的本能吐出的白沫一把把黏糊在张英的身上，我的身上。

张英和我的身上弥漫着一股浓浓的苦荞花的清香。

我说："欲望的香。"

张英笑："哎哟喂。"

张英喜欢说"哎哟喂"。她用刚满十六岁的小巧迷人的嘴巴说"哎哟喂"。她开始说"哎哟喂"时，一张细嫩的瓜子脸上现出两个诱人的小酒窝。她两个诱人的小酒窝起伏着三座大山的朴实与爱。她紧紧地拥抱着我。她的两个小酒窝由细白渐渐变成绯红。当她的整个细白全部变成绯红，漂亮的瓜子脸便开始燃烧。接着，她一双细长的手开始燃烧，一双水汪汪的大眼睛一边扑闪一边燃烧。她的整个身子都在燃烧。她紧紧地抱着我。她与我一起肆无忌惮地燃烧。

我说："把衣服脱了。"

张英用雪亮的眼睛看着我："现在?"

我点了点头："现在。"

张英想了想，说："这样不好。"

我："为什么不好?"

张英："大白天。"

我："哎哟喂。"

这次说"哎哟喂"的不是张英，是我。我嘴巴上轻描淡写地说"哎哟喂"，心里面却憋了一肚子的坏水。我作为男人的占有欲在毕剥燃烧。

张英说："你不要这样粗鲁。"

我一脸的坏："我不粗鲁。"

我其实十分粗鲁。为什么这样粗鲁？在后来无数个无所事事的日子里，我这样一万次地追问自己。我的追问没有得到答案。我的追问在很多个应该追问的日子里，除了追问本身，其实没有得到什么神的暗示。

张英叹了一口气，说："我才十六岁。"

我点头："是的。"

张英："我害怕。"

我："我也有点。"

我解开了张英短至大腿根处的对于大山深处来说似乎有些潮流过头的牛仔短裤。那是一件深蓝色的牛仔短裤，它紧紧地包裹着张英性感无比的屁股蛋子。半年前，我用无比可耻的意念无数次脱下过张英那条深蓝色的牛仔短裤。张英的牛仔短裤成了我梦中的岩壁，那岩壁上画满各种奥秘的符号。我不知道奥秘的符号。

张英在轻轻颤抖："这个也要脱?"

我轻车熟路："是的。"

张英和我在盛开着欲望之花的苦荞地里滚来滚去，有些狼狈不堪。

"一般情况下都会狼狈不堪。"我后来说。

后来的后来，我走进梦去。

我在梦里看到了四位女巫。

“我们谁更美丽?”无比妖娆的芝栀黎第一个发现了我。

她伸出手来拉我，一对饱满的双乳半露在我的眼珠子前。

“各有千秋。”我回答。

“床上功夫呢?”美丽性感的乌嘎坐在自己的梦里问。

“各胜一筹。”我说的是真心话。

“我们当中你最爱谁?”仙女般超凡脱俗的沙茜其实也俗。

“四个人我都爱。”我看了看四位女巫，没有一个女巫是我不爱的。

“可以理解为对谁都没有真爱吗?”清纯可爱的张英逮住了我的下体。

后来，我在梦中见到了夷莎多老人。

夷莎多老人站在一块冰冷的雪地上，手上拄着一根拐杖。

他在瑟瑟发抖，深陷的眼珠子一动不动的。

“后来呢?”

我踩着积雪一步步走上前去。

“被判了死刑。”夷莎多老人苦笑了一下。

“枪决没?”

我的心提到嗓子眼。

“你说呢?”夷莎多老人反问。

“没有。”我想了想，说。

“为什么呢?”夷莎多老人在雪地里更显皮包骨头、弯腰驼背。

“因为枪走火?”我使劲猜。

“不是。”夷莎多老人十分平静。

“误会?”我再猜。

“也不是。”夷莎多老人笑了笑。

“难道你是看清楚了再开枪射击的?”我瞪大了双眼。

“对。”夷莎多老人的眸子里没有后悔。

“你们有仇?”我把说的话直接喊了出来。

“有，那个叫蔡虎的连长不是别人，是嘎达。他居然跑去参加了解放军，还混了个连长。这种人，他妈的死有余辜。”夷莎多老人满腔怒火。

“真是这样?”我的眼睛里游跑着悲哀。

“是。”夷莎多老人消失了。

我没有对夷莎多老人说，蔡虎其实是我在金沙江北岸民主改革平定少数民族各部落氏族判乱中被人误杀的爷爷，就像我没有说阿了山是我虚构的神山。

当然，我也不知道嘎达。

图书在版编目（CIP）数据

阿了 / 英布草心著. -- 北京 : 作家出版社，2017.2
（中国多民族文学丛书）
ISBN 978-7-5063-9263-1

Ⅰ. ①阿… Ⅱ. ①英… Ⅲ. ①长篇小说－中国－当代
Ⅳ. ①I247.5

中国版本图书馆CIP数据核字（2016）第302820号

阿　了

作　　者：英布草心
责任编辑：李亚梓
特约编辑：赵　飞
装帧设计：曹全弘
出版发行：作家出版社
社　　址：北京农展馆南里10号　　邮　　编：100125
电话传真：86-10-65930756（出版发行部）
86-10-65004079（总编室）
86-10-65015116（邮购部）
E-mail:zuojia@zuojia.net.cn
http://www.haozuojia.com（作家在线）
印　　刷：三河市北燕印装有限公司
成品尺寸：170×240
字　　数：209千
印　　张：13.5
版　　次：2017年2月第1版
印　　次：2017年2月第1次印刷
ISBN 978-7-5063-9263-1
定　　价：35.00元